Für
Max und Flo

Vorwort

Die autobiografische Reise geht weiter. Überwiegend im Nachthumor-Sound. Der nachfolgende Roman wurde unter Einfluss von Musik verfasst. Für jede Episode wählte ich einen Song aus, der mich in voller Lautstärke über Kopfhörer in Endlosschleife von der Außenwelt abschirmte, bis die jeweilige Story fertig war. Nun höre ich schlechter. Viele solcher Romane werde ich nicht mehr schreiben können.

Die Handlung: Zwei Geister von Gestern tauchen auf. Der Protagonist befindet sich – angeregt vom Monolog einer der beiden Geister – auf der Suche nach *besonderen* Momenten in seinem Leben und der damit einhergehenden Frage, ob das *Besondere* überhaupt existiert und wenn ja, was das Leben, den Augenblick, oder die Situation so *besonders* werden lässt.
Die Kapitel lauten:

The Past
Das Besondere
Mysteriös
Von Sinnen
Moderne Zeiten
Das Schreiben und das Lesen
The Future

Ich wünsche allen Lesern und Leserinnen während der Lektüre eine Vielzahl besonderer Momente!

Inhalt

The Past
Musik: *Myrkur – Bornehjem*

Von Kindheit an war die schrecklichste aller Vorstellungen, welches Unglück mir im Laufe des Lebens widerfahren könnte, die, im Moor versinken zu müssen. Ich sah mich im Traum auf der Flucht vor imaginären Feinden. Sie waren nur ein paar Schritte hinter mir. Es ging durch ein spärlich bewachsenes Waldgebiet. Ich rannte, so schnell ich eben konnte. Bis ich hineingeriet, ins Moor. Zu große Schritte. Zu hastig. Zu unachtsam. Schon steckte ich fest und sank. Es begann langsam und war doch von Beginn an unumkehrbar. Mit dem Versinken schrumpfte ich. Und je mehr Gegenwehr ich leistete, desto rascher verlief der Prozess des Abtauchens. Schwarzer Morast mit abgestorbenen Bäumen und vom Moor konservierten Leichen nahm mich auf. Meine Füße, die Beine, den Oberkörper. Zuletzt meinen Kopf, dann Mund, Nase, Ohren, Augen, Stirn, Haare.
Blubb.

Das Besondere 1
Musik: *Alien Sex Fiend – Trip to the Moon*

Da waren die beiden an einem Samstagabend im März 1988 um kurz nach dreiundzwanzig Uhr im *Zwischenfall* aufgetaucht. Zwei Geister von gestern, die ich verdammt noch eins nicht gerufen hatte. Selbstbewusst, wie solche Geister nun einmal sind, so meine Überlegungen, würden sie wohl auf direktem Wege zu mir hinter die DJ-Kanzel kommen. Geschichtenerzähler der ganz besonderen Art, mit jeder Menge Erinnerungs-Small-Talk im Gepäck. Gut und gerne ein Jahrzehnt ohne jeden Kontakt mal eben aufarbeiten mit dem ehemaligen Schulkollegen, der hier den DJ gab und so seinen Job verrichtete, sprich, durch konzentriertes Auflegen der passenden Songs für Dauerbetrieb auf der Tanzfläche sorgen musste. Ja prima!

So kamen sie denn auf mich zu mit Gesichtern voller Fragen. Und Antworten, um die ich gar nicht gebeten hatte. Schema: *Was hast du so gemacht in den letzten fünfzehn Jahren? Aha, interessant! Und dies und das und jenes, das haben wir gemacht.*

Zum Glück hatte ich schon abgemischt, noch ehe die Herren bei mir eintrafen. Es liefen die ersten Töne von *Alien Sex Fiend – Trip to the Moon*, mit den hallverzerrten Sprachsamples: *Problems? No Problems,* da befanden sich die Geister von gestern nur noch ein paar Meter von mir entfernt. Auf alle Fälle hatte ich goldrichtig gelegen mit meiner Vorahnung, dass es die beiden ohne Verzögerung direkt zu mir hinter die DJ-Kanzel treiben würde, und mir war klar, ich würde dem Frage-Antwort-Spiel in Stereo nicht entkommen können. Als sie an ihrem Zielort eintrafen, lag Raphael zwei Schritte vorne, dicht gefolgt von Joachim.

Die Grufti Kids, die sich in unmittelbarer Nähe der DJ-Kanzel aufhielten, hatten brav Platz gemacht, um die Herren Geister in ihren grünen Parka-ähnlichen Jacken und den salopp verwaschenen Blue Jeans durchzulassen, und schon umringten mich die beiden mit aufdringlichem Hallo-Gejohle. Chorus aus Raphael und Joachim: »Da staunst du, was? Erkennst du uns überhaupt noch?«

Ich: »Klar doch, Raphael und Joachim.«

Raphael mit Blick auf die halb heruntergebrannte Menthol-Zigarette in meiner Hand: »Noch immer Raucher? Ich nicht mehr. Schon vor neun Jahren damit aufgehört.«

Joachim: »Bei mir sind's jetzt fünf Jahre.«

Immer wieder überraschend, welche ersten Worte und Sätze ausgewählt werden, um die Zeit zwischen vorgestern und heute überbrücken zu helfen ...

Chorus aus Raphael und Joachim: »Und sonst? – Läuft das Geschäft? – Verheiratet? – Kinder? – Haustiere?«

Ich: »Ja, ja, nein, nein, ja.«

Kurze Pause.

Die beiden schauten interessiert von meinem erhöhten DJ-Platz hinunter auf die Tanzfläche. Raphael: »Ist ja richtig gut voll, der Laden.«

Joachim: »Aber komische Musik. Läuft auch was von früher?«

Ich: »Nein.«

Längere Pause.

Ich sah mir die beiden Geister genauer an. Raphaels Haarstyling, sein Gesichtsausdruck und auch die Figur, all das hatte verdammte Ähnlichkeit mit dem Styling des Freaks aus der *Rocky Horror Picture Show*. *Riff Raff* hieß der, glaube ich. Ich mochte diese albern blödsinnige Show nicht, und erst recht verabscheute ich die Augenblicke, in denen die Zuschauer aus für mich unerklärlichen

Gründen wie auf Kommando mit Reis um sich warfen. Wenn es sich dabei um eine einmalige, spontane Reaktion aus dem Publikum gehandelt hätte, um dem Film auf originelle Weise zu huldigen, okay. Es hätte mir auch dann nicht gefallen, mit Reis beworfen zu werden, aber okay. Gute Miene zum doofen Spiel. Aber das war es ja nicht, es fand überall statt, in allen Lichtspielhäusern der Welt, an denselben Stellen im Film, auf dieselbe Art, einfallslos und peinlich wie ein dörflicher Karnevalsumzug, bei dem Jahr für Jahr die exakt gleichen Wagen in derselben Reihenfolge im Mini-Umzug die Straße entlangrollen. Der Reiz dieses Filmchens, das irgendwo zwischen Groteske und Musical anzusiedeln war, bei dem der Inhalt so rein gar nichts mit Horror zu schaffen hatte, blieb mir ebenso verborgen wie Sinn und Zweck der Musik von *Queen* und *Freddy Mercury*. Seltsam, dass der *Freddy* nicht mitgespielt hatte in der *Rocky Horror Picture Show*. Der hätte nämlich als perfekter *Frank N Furter* in die Show gepasst. Vielleicht hatte man bei seinem Management sogar nachgefragt, aber mit Sicherheit war er viel zu teuer, der *Freddy* mit dem Riesenschnäuzer. Auf jeden Fall hatten die *Rocky Horror Picture Show*, *Queen* und *Freddy Mercury* nichts damit zu schaffen, dass Raphael zum Ingenieur geworden war. Maschinenbau. Als er das gegen den Sound von *Alien Sex Fiend* in meine Richtung brüllte, gegen die Songzeilen *I think there must be more to live than this,* dachte ich, wenn der Herr Maschinenbau-Ingenieur so weiterplaudert, falle ich noch um vor Begeisterung ...

Der zweite Geist von gestern, Joachim, hatte auch etwas zu vermelden. Seinen Worten zur Folge verdingte er sich als Taxifahrer und handelte nebenbei im Verbund mit seiner Frau mit alten Möbeln auf Flohmärkten. Er hatte sich zum Antiquarischen passend als Doppelgänger von *Meat Loaf* zurechtgemacht. Verschwitzt und zum ausufernden Körperumfang tendierend. Aus allen Öffnungen in seinem Gesicht (den Mund mal ausgenommen) quollen üppig Haare hervor, nur nicht dort, wo sie hätten ungehemmt drauflos wachsen können, sogar sollen. Auf seinem Kopf herrschte Ausnahmezustand. Nur noch wenige leicht angegraute, fettige Ringellocken bevölkerten das Schädelrund, umgeben von großflächig kreisrundem Haarausfall. Also jede Menge diffuse kahle Stellen dort, wo sich der Kopf nach oben gen Decke streckte. Es sah ein bisschen so aus, wie eine radioaktiv verseuchte Fläche. Da würde nichts mehr wachsen. Ungefähr zweihundert Jahre lang nicht ... Wer oder was trug Schuld an dieser Misere? Die verdammten Gene oder eine vollkommen in den Sand gesetzte Lebensführung. Fleisch, Pizza und Pasta bis zum Körperkollaps. Auffällig bei beiden Geistern: Das bedingungslose Festklammern an längst Vergangenem. Jeans und Parka zu jeder Gelegenheit. Kleidungsstücke als Dokumentation des Augenblicks, an dem die Zeit für sie einfach stehengeblieben war. Und so trugen sie die überholte Gesinnung von gestern noch immer zur Schau, heute, morgen und bis in alle Ewigkeit. Derart gestylt würden sie noch Gott, dem Allmächtigen, gegenübertreten, in der Hoffnung mit dem Outfit und der damit verknüpften Geisteshaltung direkt ins Paradies durchstarten zu können. Kein Gedanke daran, dass ihr Dressing eine Marke ohne Wert darstellte, waren doch schon vor Jahren ihre Ideale und die der gesamten Generation der Flower Power People verscherbelt worden für auch einmal Mercedes fahren oder den Segelschein machen und nicht zuletzt für die Finka auf Sonnenland.

Ich rauchte, trank einen Schluck meines Bananensafts und mischte ab. *Nerves* von *Bauhaus*. Kein Song für Geister von gestern. Trotzdem blieben sie noch eine Weile stumm neben mir stehen und litten. Dann plötzlich, knapp eine knappe Minute vor Ende des Songs: Aufbruch! – Chorus aus Raphael und Joachim:

»Wir gehen dann mal wieder. Lass uns doch mal so treffen. Privat.«

Hastiger Telefonnummernaustausch auf Bierdeckeln. Direkt im Anschluss verschwanden die beiden. Keine Umarmung. Nicht einmal Shake Hands. Geister ließen sich nicht anfassen. Es war noch eine halbe Stunde hin bis Mitternacht. Die Boxen über der Tanzfläche flüsterten und donnerten zugleich: *Sick in your mind* von *The Klinik*. Dazu Licht aus, Supernova an und jede Menge Nebel. Raphael und Joachim waberten schemenhaft an der Tanzfläche vorbei, fanden die Treppe Richtung Ausgang. Jede Wette: Sie würden nicht wiederkommen. Nimmermehr.

Die Grufti Kids fragten mich, ob die beiden vom Jugendamt gewesen waren, oder nur zwei Väter auf der Suche nach ihren Töchtern, oder ob sie sich einfach nur verlaufen hatten.

»Weder noch, noch«, sagte ich, »nur zwei ehemalige Mitschüler auf Erinnerungstour.«

Ich hatte die Begegnung bereits ein paar Tage später wieder vergessen, aber einen Monat nach ihrem Ausflug in die finstere Welt des *Zwischenfall*-Clubs kamen die beiden tatsächlich Lisa und mich zu Hause besuchen. Mit ihren Ehefrauen. Ebenfalls leicht eingestaubte Erscheinungen. Dem Besuch ging ein Telefonat voraus. Ich hätte absagen können. Tat ich aber nicht. Lisa und ich waren sogar ein wenig neugierig, ob mein flüchtiger Eindruck vom Diskothekenbesuch Bestand haben würde. Häufig genug versteckte man sich hinter seinen Vorurteilen. Wir nicht. Und doch. Es wurde ein zäher Abend. Man gab sich Mühe, hatte sich aber kaum etwas zu sagen. Mechthild, die Frau von Raphael, nutzte die allgemeine Sprachlosigkeit und hielt Monologe über den Wert des Erwachsenseins und den Unwert, mit über dreißig noch den DJ zu geben und eine Diskothek zu betreiben: »Vielleicht morgen schon, spätestens aber in ein bis zwei Jahren wird es vorbei sein mit eurer Diskothek und dann seid ihr mit den Berufsbezeichnungen DJ, Thekenbedienung und Diskotheken-betreiber im Lebenslauf erledigt, weil kein auch nur mittelmäßig seriöser Personalchef so einen oder so eine einstellen wird in seiner Firma. Und wenn ihr dann im Anschluss ewig und fünf Tage arbeitslos gewesen sein werdet, werdet ihr mit fünfundsechzig nur eine ganz mickrige Armenrente bekommen. Vielleicht müsst ihr sogar bis zu eurem Tod ohne Zähne herumlaufen, weil kein Geld da sein wird für einen ordentlichen Zahnersatz.«

Die Mechthild hatte bestimmt eine gute Zensur in Kopfrechnen, dachte ich vor mich hin, und betrachtete sie. Sie trug Dauerwelle oder Naturkrause im Pudel-Look, was beides gleich schlimm aussah. Beim Sprechen präsentierte der Anblick ihres geöffneten Mundes deutlich zu viel Zahnfleisch für ihre Minizähne. Sie machte auf allwissend schlau, obwohl sie einen eher dümmlichen Gesichtsausdruck zur Schau trug. So, wie sie da saß vor ihrem Orangensaft-Sekt-Gemisch, wirkte sie durch und durch unecht. Eine plappernde Spießerpuppe …

Die anderen drei Geister schwiegen derweil. Lisa und ich behaupteten, dass wir in zwanzig Jahren noch dabei wären in der Diskothekenszenerie, und, gleichgültig, was die fernere Zukunft auch bringen würde, niemals gewillt wären, Bewerbungen oder Lebensläufe für irgendwelche Personalchefs zu schreiben oder gar – Worst Case – in einer Firma zu arbeiten. Unsere Statements waren schwere Geschütze für Mechthild. Sie trank erst einmal einen ordentlichen Schluck ihres Sektmixgetränks. Joachim musste aufs Klo. War irgendwie klar. Ich hätte drauf gewettet, dass Joachim als erster aus dem Quartett aufs Klo gehen würde, und dass die Angelegenheit auf jeden Fall dauern würde. Regine fühlte sich durch die plötzliche Aktivität ihres Ehemanns ebenfalls zur

Tat gedrängt und wollte nun die Wohnung sehen. Konnte sie haben. Lisa zeigte ihr alles bis auf das Klo. Da hockte Joachim noch immer, und er hatte abgeschlossen. Regine gab keinerlei Kommentar zu den Räumen und Einrichtungsgegenständen unserer Wohnung ab. Wie Lisa mir später berichtete, hatte sie lediglich ein unbekanntes, vielleicht selbstkomponiertes Lied leise vor sich hin gesummt und sich alles angeguckt. Sie wollte wohl nur die Zeit totschlagen, in der ihr Joachim auf dem Klo hockte.

Ich saß derweil noch immer am Tisch mit Raphael und Mechthild und beendete die Sprachlosigkeit mit einer unverfänglichen Frage an Raphael: »Was treibst du denn so in deiner Freizeit?«

Er antwortete nicht. Stattdessen meldete sich Mechthild zu Wort: »Er hat seit zwei Jahren ein Rennrad. Das ist sein Hobby. Jede freie Minute bastelt er an dem Ding herum.« Sie lächelte dazu und kuschelte sich bei Raphael ein. Der schaute betroffen und leicht unglücklich, nippte ein paarmal hintereinander am Bierglas, sagte aber noch immer nichts. Chips und Salzgebäck wurden zerkaut, und es wurde mäßig den Getränken zugesprochen. Drei Flaschen Bier und anschließend nur noch Wasser. Musik lief keine. Ich hätte schon gewusst, welcher Sound dem Besuch gefallen würde, hatte aber keine Lust auf *Deep Purple* oder *Emerson, Lake & Palmer*.

Regine und Lisa beendeten die Wohnungsbesichtigung und setzten sich. Joachim kehrte ebenfalls von seinem Toilettenausflug zu seinem Sitzplatz zurück. Er nahm einen kräftigen Schluck aus seiner dritten Flasche Bier und begann dann zu erzählen. Er sprach über sein Leben, das Taxifahren, die Flohmarktverkäufe und darüber, dass Regine und er in den vergangenen zehn Jahren hunderttausend Mark gespart hätten und dieses Kapital gern nutzen würden, um beruflich etwas völlig Neues auf die Beine zu stellen, allerdings keine Ahnung hätten, was sie da machen könnten. Und zum Schluss sagte er, dass er bis vor kurzem immer überzeugt gewesen wäre, in seinem Leben würde noch etwas kommen, etwas passieren, etwas Besonderes. Joachim steckte sich eine Zigarette an, nahm einen tiefen Zug, atmete Rauch aus, räusperte sich und sagte: »Doch seit einiger Zeit spüre ich, »das Besondere kommt nicht mehr.«

Als er geendet hatte, schwiegen wir alle eine Weile. Es wurde nicht einmal kurz am Getränk genippt oder am Gebäck herumgeknabbert. Das totale Schweigen tat gut, so wie es eben immer guttut, wenn es darum geht, einen denkwürdigen Augenblick in seiner Wirkung zu bestärken.

Ich dachte zurück, entsann mich der gemeinsamen Schulzeit auf dem Gymnasium, wo ich für zwei Schuljahre, Quarta und Untertertia, neben Joachim gesessen hatte. Damals verstand er alles um sich herum als Riesenvergnügen: Schule, Lehrer, die Zensuren. Jeglichem Eifer fürs Lernen vorangestellt ging es ihm in erster Linie darum, einen möglichst unterhaltsamen, spaßigen Vormittag zu verbringen. In abgeschwächter Form teilte ich seine Einstellung. Allerdings wägte ich ab und zog spätestens dann die Reißleine, wenn es gefährlich wurde, das Schuljahr ins letzte Viertel einbog, es also auf die Versetzung zuging. Joachim kannte diese Grenze nicht, oder aber die Grenze war ihm scheißegal. In der Quarta ging das für ihn gerade noch gut mit ausschließlich Vieren auf dem Zeugnis, die Untertertia beendete er mit reichlich *mangelhaft* und *ungenügend* und dem Vermerk: Nicht versetzt. Joachim nahm das Urteil emotionslos hin, als wenn es für ihn keine Rolle spielen würde. Ihm war spätestens seit dem Halbjahreszeugnis klar, dass er in diesem Schuljahr keine Chance auf die Versetzung haben würde. Und da er sich recht früh mit der Situation abgefunden hatte, gab er auch einen Schiss darauf, dass ihm sowohl der Religions- als auch der Biologielehrer kurz vor Ablauf des Jahres eine letzte Chance auf eine bessere Zensur in Aussicht stellten, wenn er sich einverstanden erklären würde, in den verbleibenden Wochen bis zum Zeugnis, den Unterricht nicht zu stören. Er versprach immerhin, dass er es versuchen würde. In Religion gelang ihm das nicht einmal in der ersten Stunde. Er scheiterte, als der Lehrer – wohl im Ausblick auf die bevorstehenden sechs Wochen Sommerferien – auf Jesus' Reiselust zu sprechen kam, dabei mit gewohnt pastoraler Stimmlage und einem auf Dauerbetrieb gestellten Rotbäckchen-Lächeln an die Klasse den Halbsatz richtete: »Auf seinen Wanderungen und Reisen kam Jesus von Jerusalem bis nach...«, und noch ehe Herr Krabitz den Satz beenden konnte, hatte Joachim in die Klasse gerufen: »Wanne-Eickel!«

Das Ausrufen dieser wenig attraktiven Ruhrgebietskleinstadt in Verbindung mit den Reisen von Jesus Christus brachte Joachim – bei aller Nachsicht und allem Wohlwollen des Lehrers – um seine letzte Chance auf ein Ausreichend im Fach Religion. Herr Krabitz ging nicht einmal näher darauf ein, ob Jesus auf seinen Reisen zumindest mal irgendwo im Ruhrgebiet gewesen war. Er hatte – für einen Moment seiner gütigen Ausstrahlung beraubt – relativ emotionslos in Richtung Joachim gesagt, es wäre seit fünfzehn Jahren Unterricht an dieser Schule das erste Mal, dass er sich gezwungen sähe, einem Schüler in Religion eine mangelhafte Note im Zeugnis geben zu müssen.

Im Biologieunterricht hatte der in die Jahre gekommene Lehrer namens Herr Timmermann kurz vor Ende des Schuljahres seinen Plan – so nannte er seine Aufzeichnungen – verloren. Tragisch, denn aus diesem Plan gingen sämtliche Informationen hervor, die er zur Benotung von uns Schülern brauchte. In der Folge wurde die Unterrichtsstunde von Herrn Timmermann genutzt, um jeden Einzelnen von uns nach seiner Note zu befragen. So kurios das Ganze anmutete, zunächst verlief alles in geordneten Bahnen. Dem Alphabet nach, zügig hintereinander weg, sagte jeder Schüler oder Schülerin mit ernstem Gesicht und fester Stimme, ähnlich einem glaubwürdigen Zeugen bei Gericht, welche Zensur er oder sie den Leistungen des letzten Halbjahres entsprechend auf dem Zeugnis verdient hätte. Herr Timmermann hatte nichts zu beanstanden, nickte nur und hielt die aufgerufenen Zensuren in einem neuangelegten Plan fest. Als ich an der Reihe war, gab ich an, eine gute Drei, wenn nicht sogar eine knappe Zwei verdient zu haben. Joachim lachte. Daraufhin hob Herr Timmermann irritiert den Kopf von seinem Plan und befragte die Mitschüler, ob meine Angaben den Tatsachen entsprächen. Ein Gemurmel aus Zustimmung, Zweifel und Unwissenheit machte die Runde. Das half Herrn Timmermann auch nicht weiter. Schließlich meldete sich Joachim zu Wort und schlug vor, die Frage über eine Klassenabstimmung mit Handzeichen oder Armeheben zu klären. Ohne das Okay des Lehrers abzuwarten, erhob er sich vom Stuhl und rief in die Klasse: »Wer ist für eine Zwei?«

»Schluss damit!«, donnerte Herr Timmermann. Er befahl Joachim, sich auf der Stelle wieder hinzusetzen und den Mund zu halten. Dann schrieb er etwas in seinen Plan und wandte sich an den nächsten Schüler. Als die Reihe an Joachim war, sagte Herr Timmermann, dass Joachim darauf verzichten könnte, ihm eine Zensur zu nennen, da er in seinem Fall genau wüsste, dass die Leistungen höchstens für ein *Mangelhaft* reichen würden. Als Joachim protestierte, schlug Herr Timmermann eine spontane Wissens-Abfrage vor. Er sagte, dass er am Anfang der Unterrichtsstunde eine Blüte unters Mikroskop gelegt hätte und forderte Joachim nun auf, diese Blüte zu bestimmen. Joachim weigerte sich. Er entgegnete, es sei sinnlos, da er überhaupt keine Ahnung von Falschgeld hätte. Daraufhin änderte Herr Timmermann Joachims Biologie-Zensur in ein *Ungenügend*. Im weiteren Verlauf der Biologiestunde stolperte noch ein Schüler, der sich selbst – vollkommen zu Recht – die Note *Gut* gegeben hatte, über die plötzlich wiederkehrende – allerdings trügerische – Erinnerung des Lehrers. Dieser Schüler musste sich ebenso wie Joachim einem Spontantest unterziehen, schnitt dabei aber nur mit *ausreichend* ab, weil er – Originalton von Herrn Timmermann – alles Wichtige nur in Nebensätzen gesagt hatte. Mir verschwieg Herr Timmermann die Zeugniszensur, die ich dann wenig später Schwarz auf Weiß vor mir sah. Auch wenn er von Joachims Mitwirken im Biologieunterricht nichts hielt, hatte er sich von dessen Gelächter beeindrucken lassen und meine Leistungen ungerechter Weise mit einem *Ausreichend* bewertet.

Joachim wechselte die Schule, fiel später im Berufsleben immer mal wieder auf, weil er den Arbeitsfrieden in den Betrieben gestört hatte, in denen er entsprechend stets nur für kurze Zeit beschäftigt gewesen war. So hatte er beispielsweise in der Wintersaison Sauerländer Waldarbeiter dazu gebracht, ihre Arbeit niederzulegen und mit ihm gegen die unzumutbar kratzige Berufsbekleidung, genaugenommen war es um die Unterwäsche gegangen, zu demonstrieren.

Ich war zur Schulzeit und auch später noch beeindruckt von Joachims Zuversicht, mit der er sich stets frei von jeder Angst, geradezu heroisch unbeugsam, den vermeintlichen Pflichten eines weitgehend auf Unterdrückung und Ausbeutung der Arbeitnehmer angelegten Systems entgegengestellt und dabei jeden Jobverlust in Kauf genommen hatte, selbst wenn der Anlass nur eine kratzige Dienstbekleidung war. Sein Verhalten schrie doch geradezu nach dem Hundert-Prozent-Weg in Richtung Selbstverwirklichung. Schauspieler, Musiker, Comedian, alles hätte ich bei ihm für möglich gehalten. Joachim, jetzt mit seinen gerade einmal fünfunddreißig Lebensjahren, den ersparten hunderttausend Mark Guthaben zum Trotz, derart desillusioniert in Lisas und meiner Wohnung sitzen zu sehen, kam mir jedenfalls ganz ungeheuerlich vor. So, als ob es bis zu dieser Stunde einen für alle Outsider gültigen Lebensplan gegeben hätte, der nun aufgrund Joachims Scheiterns die Unantastbarkeit eingebüßt hatte. So dachte ich es in die Stille hinein, die ruhig noch hätte andauern können, vielleicht behutsam unterstützt von einem stimmigen Ambient-Soundtrack von Klaus Schulze oder der Band Tangerine Dream, aber Mechthild ertrug die Ruhe nicht, sie machte Geräusche. Ihre Minizähne, die sie sich auch später als Zahnersatzkopie noch würde leisten können, da sie ihr ganzes Berufsdasein lang einen Top-Lebenslauf besitzen und stets in einer Firma gearbeitet haben würde, diese kleinen Beißerchen zerknirschten das Schweigen.

Mysteriös 1
Musik: *Rome – Reversion*

Wir waren zu dritt und alle ungefähr ein Jahr auseinander. Meine Schwester war die Älteste, dann kam ich und dann mein Bruder. Ich war sechseinhalb Jahre alt und ging ins erste Schuljahr, als wir an einem Tag im Februar von Onkel Otto die Spardosen geschenkt bekamen, ohne dass es dafür irgendeinen Anlass gegeben hätte. Meine Schwester Karin erhielt eine rote, mein Bruder Peter und ich je eine blaue. Die Spardosen waren aus einem Leichtmetall, vielleicht sogar nur aus Blech, und von kreisrunder Form, dazu etwa dreißig Zentimeter hoch und sie hatten einen verschließbaren Boden. Oben, im mittleren Deckelbereich befand sich ein Schlitz, der gerade breit genug war, damit auch noch ein Fünfmarkstück hindurchpasste. Den Schlitz säumten zwei silbrig-glänzende Zahnreihen ebenfalls aus Leichtmetall, die nach unten hin nachgaben, die Münzen und Scheine (die es für uns Kinder aber ohnehin nicht gab) ohne Gegenwehr passieren ließen, nach oben hin jedoch unbarmherzig den Schlitz versperrten, sodass durch Kippen und Schütteln keine Münze, die einmal in der Dose gelandet war, herausgeholt werden konnte. Diese Spardosen schienen uns von vornherein mehr Bestrafung als Geschenk. Der Schein trog nicht, was vornehmlich zwei Gründe hatte: Zum einen kassierte mein Vater unmittelbar nach Geschenkübergabe durch Onkel Otto die Spardosen-Schlüssel ein, zum anderen wurde fortan jedem Verwandten, der zu Besuch kam, davon erzählt, und es gab von da an so gut wie nie auch nur noch ein Zehn-Pfennig-Stück bar auf die Hand. Die Verwandten strichen uns also wie üblich mit lauwarm bis frostkalten Handflächen über den Kopf, lächelten dazu und reichten dann einem

Jeden von uns ein Markstück, oder gelegentlich auch zwei, bestenfalls ein Fünf-Mark-Stück, jedoch stets begleitet von dem alle Freude zerstörenden Spruch: »Das ist für deine Spardose.« Und während sie den verhassten Satz aufsagten, vergrößerten sich ihre Augen auf unnatürliche Weise und nicht selten wurde gar ein Zeigefinger aus der zur Faust geballten Hand hervorgestreckt, um bei der Aussprache des Wortes *Spardose* Löcher in die Luft zu stechen. Vater hielt sich seit Onkel Ottos wohl mit Abstand dämlichster Geschenkaktion bei jedem Verwandtenbesuch zur Begrüßung und zum Abschied stets in unserer Nähe auf und achtete peinlich darauf, dass wir die Münzen direkt im Anschluss an die Geldübergabe-Zeremonie auch tatsächlich durch den Schlitz der Spardose schoben. Er blieb hochkonzentriert bei uns stehen, bis das Geräusch von gegen den blechernen Boden schlagenden Münzen zu hören war. Und noch immer blieb er neben uns stehen, solange, bis das dritte, erzwungene, weil vom Vater bedingungslos geforderte, »Danke schön« bei der jeweiligen Tante, dem Onkel, Oma oder Opa angekommen war. Es war zum Kotzen! Wir hätten Onkel Otto, diesen Sparkassen-Fuzzi, vor Wut in einen Frosch verwandeln können.

Es war wohl ein halbes Jahr später, als die Herbstkirmes wie jedes Jahr in Bochum-Weitmar an der Blankensteiner Straße für eine knappe Woche zum Thema Nummer eins wurde. Meine Eltern hatten mal wieder nicht vor, mit uns dort vorbeizuschauen, und die übrigen Verwandten waren samt und sonders geradezu das Gegenteil von Kirmesfans.

Karin hatte schließlich die Idee, dass wir drei allein losziehen und vorher unsere Spardosen ein wenig erleichtern sollten. Sie wusste auch schon, wie man das anstellen konnte. Man musste die Dose auf den Kopf drehen, mit zwei Messern die Zahnreihen vor dem Schlitz nach unten drücken und gleichzeitig die Dose vorsichtig ein wenig hin und her bewegen. Das hörte sich nicht gerade einfach an. Erschwerend kam hinzu, dass dieser häusliche Bankraub am eigenen Guthaben aus Geheimhaltungsgründen mit Taschenlampe unter der Bettdecke vonstattengehen musste, damit die ungewöhnlichen Geräusche, die diese Aktionen zwangsläufig begleiteten, nicht aus dem Kinderzimmer drangen und am Ende gar die Mutter herbeilockten. Nach kurzem Abwägen waren Peter und ich mit Karins Plan einverstanden. Die Vorstellung, am Nachmittag – wenn auch heimlich und in verbotener Weise – mit ordentlich Geld in der Tasche zur Kirmes gehen, auf dem Kettenkarussell fahren, Lose kaufen, Zuckerwatte und was sonst noch alles essen zu können, fegte sämtliche Bedenken hinweg. Und so machten wir uns ans Werk: Karin und Peter tauchten ab unter die Bettdecke, während ich selbst, der in technischen Angelegenheiten hoffnungslos Minderbegabte, an der Tür Schmiere stand. Die Aktion Bankraub dauerte eine halbe Ewigkeit und wurde begleitet von einer Spannung, die sich mühelos messen konnte mit einer guten Folge von *Kobra, übernehmen Sie*. Am Ende gelang es uns, den drei Blechdosen ganze Zwölf Mark dreißig zu entreißen. Wie ehrenwerte Bankräuber teilten wir die Beute gerecht auf und jeder von uns war schließlich vier Mark und zehn reich. Um die Beute in Kirmesvergnügungen investieren zu können, mussten wir nur noch unauffällig aus dem Haus kommen. Karin machte den Anfang und gab vor, eine Freundin besuchen zu wollen. Peter und ich warteten verabredungsgemäß eine knappe Viertelstunde und riefen dann unserer Mutter zu, die sich an der Wäschespinne im Garten zu schaffen machte, dass wir zum Sportplatz gehen würden. Nach der üblichen Abfrage an mich, ob ich meine Hausaufgaben für die Schule erledigt hätte und meinem kräftigen Ja-Antwort-Ruf, ertönte erneut Mutters Stimme von irgendwo unter der voll behangenen Wäschespinne: »Zum Abendessen seid ihr spätestens zurück!« Unser Doppel-Ja folgte prompt. Wir waren froh, dass wir ihr Gesicht nicht sahen oder besser, dass sie unsere Gesichter nicht sah und darin womöglich verräterische Zeichen entdeckte.

An der Straßenecke Schlossstraße wartete Karin und von dort aus ging es zu dritt mit strammem Schritt weiter Richtung Kirmesplatz. Unterwegs wurden von meiner Schwester hastig ein paar Dinge festgelegt, wie etwa, keine Achterbahn- oder ähnlich gefährliche Karussell-Fahrten zu machen und – falls wir uns trennen sollten – auf jeden Fall rechtzeitig den Heimweg anzutreten. Peter und ich nickten stumm. Kaum waren wir zur Erkundung eine Runde über den Kirmesplatz gelaufen, verabschiedete sich Karin von uns und zog mit einer ihrer Schulfreundinnen weiter. Peter und ich kauften zunächst jeder eine Ladung Zuckerwatte, die ordentlich klebte, aber nicht gerade besonders schmeckte. Dann fuhren wir ein paar Runden mit dem Kinderkarussell. Peter hockte in einem blauen Auto, ich auf einem Motorrad. Nicht, dass ich ein Fan von Motorrädern gewesen wäre, aber die Autos waren komplett besetzt. Das Kettenkarussell lockte gewaltig, doch der Mann an der Kasse wollte uns keine Karte verkaufen. »Nur in Begleitung eines Erwachsenen«, sagte er. Dasselbe Spiel beim Autoscooter. So fuhren wir noch zwei, drei Runden mit der Raupe und konzentrierten uns im Anschluss auf die Losverkäufer. Es hagelte jedoch nur Nieten und bestenfalls ein paar Freilose, die dann letzten Endes ebenfalls zur Niete wurden. Nach knapp zwei Mark Einsatz hatte ich als Gewinn einen blödsinnigen, gelben Plastikkamm, Peter immerhin einen Kugelschreiber vorzuweisen. Mit dem letzten Los landete ich eine Art Volltreffer und gewann einen großen gelblich-braunen Stoff-Teddy, den ich von da an mit mir herumschleppte. Erst gegen Ende des ungenehmigten Kirmesbesuchs, unsere Beute aus dem Spardosenraub war inzwischen auf jeweils sechzig Pfennige geschrumpft, trafen wir auf den Kreuz-Pik-Karo-Herz-Mann, der hinter seiner Losbude hockte und mit schnarrender Stimme rief: »Kreuz, noch jemand Kreuz!« Dabei rollte er das »R« wie nach bester Germanenart und faselte etwas von riesigen Gewinnchancen.

Als wir nähertraten, erfassten wir recht schnell, um welche Art Spiel es bei ihm ging. Der Mann selbst wirkte etwas eigentümlich. Er hatte ein dreieckiges, von der breiten Stirn zu einem spitzen Kinn auslaufendes Gesicht, das mich an ein Stück Brie-Stinkekäse von vorvorgestern denken ließ, keine Ahnung warum, jedenfalls war er extrem blass im Gesicht, hatte kleine, hervorstehende Augen und seinen Kopf bedeckte eine weiße Lederkappe. Der Mann hockte also als Stück Briekäse von vorvorgestern getarnt in seiner Spielbude und vor ihm befand sich ein rechteckiges Tischchen unterteilt in fünf gläserne Felder, auf denen jeweils ein Symbol aufgedruckt war: Kreuz, Pik, Karo und Herz. Auf dem fünften Feld war eine Figur abgebildet, die Ähnlichkeiten mit einem Kasper besaß. Der Mann wartete und rief seine Botschaft über den Kirmesplatz, bis von den Umstehenden alle Felder mit einem Zehn-Pfennig-Stück belegt waren. Dann drehte er unter dem Tisch an einer Kurbel, die einmal in Schwung gebracht, einen Mechanismus in Gang setzte, der die Felder abwechselnd zum Aufleuchten brachte. Nach und nach – vielleicht trat er auch auf eine für uns nicht sichtbare Bremse – verlor die Apparatur schließlich an Schwung und stoppte kurz darauf das Lichtgeflacker. Der Joker, so nannte sich der Kasper, leuchtete zuletzt auf und kürte so in diesem Spiel den Sieger, der postwendend und kommentarlos vom Brie-Stinkekäse-Gesicht einen Gewinncoupon erhielt. Für solch einen einzigen Coupon winkten allerdings nur unattraktive Preise, sodass es außer Frage stand, dass man weiterspielte (insbesondere dann, wenn man schon einen gelben Plastikkamm besaß), um mit zwei oder drei oder gar fünf Coupons etwa ein Matchbox-Auto als Gewinn auswählen zu können. Mit maximal sechzig Pfennigen an Einsatzgeld lag der Gewinn von fünf Coupons allerdings in unerreichbarer Ferne und selbst drei Coupons zu erreichen, würde sehr viel Glück erfordern. Dennoch machten wir uns ans Spiel. Nach jeweils fünfzig Pfennig Einsatz hielten sowohl mein Bruder als auch ich selbst genau einen Gewinncoupon in den Händen. Unser letztes Spiel stand an. Peter nahm Herz und ich wählte Karo. Schnell flog auch ein Groschen auf den Joker. Nur Pik und Kreuz blieben übrig. Das Briekäse-Gesicht von vorvorgestern blökte seine Botschaft in die Kirmesluft: »Kreuz und Pik noch einer!« oder auch »Hallo, hallo, jemand noch für Kreuz und Schüppen (eine andere Bezeichnung für Pik)!«

Der Mann konnte rufen, was er wollte, es kam niemand mehr an seiner Bude vorbei, der für die übrig gebliebenen Felder einen Groschen riskieren wollte. Der Joker-Spieler begehrte als erster auf und verlangte seinen Einsatz zurück. Wollte das Stück Briekäse von Vorgestern nicht die dreißig Pfennig Einsatz an uns Spieler wieder auszahlen, musste er allmählich aus seiner Starre erwachen und an der Kurbel drehen, was er dann auch recht mürrisch tat. Idiotischer Weise dachte ich zunächst, dass sich meine Gewinnchance durch den Wegfall zweier Mitspieler erhöhen würde. Dieser Irrtum verflog jedoch in dem Augenblick, als das Leuchten auf Kreuz stehen blieb und der Mann Sekunden später ausrief: »Kreuz gewinnt!«, wobei er das R noch deutlich krasser rollte, als in allen Runden zuvor, und dann strich er lächelnd die dreißig Pfennig ein, ohne einen Gewinncoupon austeilen zu müssen. Ich fragte das Brie-Stinkekäse-Gesicht, ob unsere Coupons auch an den nächsten Tagen noch gültig wären. Der Mann verneinte, bot meinem Bruder und mir aber für unsere beiden Coupons eine Wasserpistole an. Inzwischen ging das Spiel in die nächste Runde, sodass uns kaum Zeit blieb für eine ausführlichere Besprechung, und so nahmen wir denn die Wasserpistole. Immer noch besser als zwei weitere Plastikkämme oder Luftballons. Ich schlug vor, Schick-Schnack-Schnuck zu spielen um die Wasserpistole und bot an, meinen Teddy mit ins Rennen zu schicken: »Der Sieger hat die freie Auswahl: Teddy oder Wasserpistole.« Peter war einverstanden. Er gewann und entschied sich für die Pistole. Ich blieb auf dem Teddy sitzen, war aber auch nicht gerade traurig darum, mir wäre die Entscheidung ohnehin schwer gefallen und ich dachte, dass sich vielleicht eine Möglichkeit ergeben würde, an den nächsten Tagen noch einmal zur Kirmes zu gehen und beim Kreuz-Pik-Karo-Herz-Mann erneut zwei Gewinncoupons für eine Wasserpistole zu erspielen.

»Den Teddy kannst du aber nicht mit nach Hause nehmen«, sagte meine Schwester, die plötzlich neben uns aufgetaucht war, »den kann man wohl kaum verstecken und wenn sie ihn sehen, wissen Mutter und Vater sofort, dass wir auf der Kirmes waren.« Karin hatte auch ein paar Lose gezogen und ein zweiteiliges Sandkasten-Set, bestehend aus Eimer und Schüppe gewonnen, wobei insbesondere die Schüppe sogar recht stabil aussah. Sie sagte, dass sie sich bis vor ein paar Minuten über den Gewinn geärgert hätte, aber nun genau wüsste, dass die beiden Sandkastenspielgeräte eine Fügung des Schicksals gewesen wären. Und dann schlug sie vor, auf dem Heimweg an einer geeigneten Stelle mit der Schüppe ein großes Loch zu graben, und den Teddy erst einmal dort zu verstecken, um ihn ein paar Tage später, wenn die Kirmes bereits weitergezogen wäre, unauffällig in die Wohnung zu holen. So schaufelten wir denn auf halbem Wege von der Kirmes zum Elternhaus hinter einem Eichenbaum abwechselnd an einer

Grube, die für den Teddy groß genug war und schließlich legte ich meinen Hauptgewinn schweren Herzens hinein. Es war mir ganz schön unwohl zumute, als dann noch die abgetragene Erde, die ja aus nichts weiter als Lehm und Dreck bestand, auf den armen Teddy niederregnete, bis auch seine hellblauen Glasknopfaugen zu leuchten aufhörten. Zum Abschluss deponierte ich noch meinen albernen gelben Plastikkamm drei Schritte hinter dem Baum, in Richtung Teddy-Grabplatz, damit ich die Stelle in ein paar Tagen auf Anhieb würde wiederfinden können. Der Kamm machte einen derart billigen Eindruck, dass kein Mensch auf die Idee kommen würde, ihn aufzuheben, geschweige denn, mitzunehmen. Um jedoch ganz sicher zu gehen, brach ich sechs Zacken aus dem Kamm und schleuderte dieselben mit einem erdachten Zauberspruch in die Gegend, ehe wir den Rest des Rückwegs hinter uns brachten.

Es ging alles glatt zu Hause. Niemand schöpfte Verdacht.

Am Abend im Bett musste ich an den Teddy denken, und daran, wie elend es sein musste, dort draußen unter der Erde zu liegen. Auch wenn der Bär nur ein Stofftier war, hatte er sich sein Leben als Kirmeshauptgewinn bestimmt ganz anders vorgestellt. Ich nahm mir fest vor, gleich am nächsten Tag nach ihm zu sehen und ihm zumindest einen Karton für die Nacht zu besorgen.

Am nächsten Tag nach der Schule, nach Mittagessen und Hausaufgaben erledigen, wollten wir noch einmal zur Kirmes, vorher aber in dem Lebensmittelgeschäft Neukämper im Dorf nach einem großen leeren Karton fragen. Wir hatten beschlossen, unsere Spardosen ein zweites Mal ein wenig zu erleichtern und machten es zunächst so, wie am Tag zuvor. Peter und Karin tauchten ab unter die Bettdecke, ich stand Schmiere an der Tür, nur dass es dieses Mal nicht so erfreulich ablief. Der Spardosen-Raubzug brachte trotz Feuereifer von Karin und Peter nur noch einen Gesamtbetrag von drei Mark und zwanzig ein. Dennoch wollten wir los, wären wir auch los, allein schon wegen des Kreuz-Pik-Karo-Herz-Spiels und der Aussicht auf einen weiteren Wasserpistolengewinn, aber wir gelangten nicht einmal zur Haustür hinaus. Mutter kam ins Zimmer, als wir darüber beratschlagten, wie wir das Geld aufteilen sollten. Dabei debattierten wir nur im Flüsterton. Dennoch, Mutter hatte uns wohl gehört, betrat das Kinderzimmer, erfasste sofort, um was es ging und ihre Bestrafung folgte postwendend: Stubenarrest für den ganzen Tag. Ich konnte also nicht einmal nach meinem Teddy sehen. In der Nacht träumte ich, dass er erfroren und dann als unmittelbare Folge seines Teddybären-Todes mit dem Dreck und Lehm zusammengewachsen wäre. Seine hellblauen Knopfaugen hatten mich im Traum anklagend angeschaut, während Regenwürmer, schleimige Schnecken über ihn hinweggekrochen und große schwarze Käfer auf ihm herumgekrabbelt waren.

Vater kam erst am späten Abend nach Hause, als wir Kinder schon schliefen. Am nächsten Morgen verlängerte er kurzerhand unseren Stubenarrest um zwei weitere Tage. Da die Sache ohnehin aufgeflogen war, erzählte ich meinen Eltern von meinem Hauptgewinn in der Hoffnung, dass ich zumindest den Teddy aus seinem Grabe befreien dürfte, aber Vater sagte nur: »Strafe muss sein, da gibt es keine Extrawürste, solange du Stubenarrest hast, bleibt der Teddybär, wo er ist!« –

Ich wusste, dass diese, seine Worte wie in Stein gemeißelt waren, mir also nichts anderes übrigblieb, als die Strafe abzusitzen. Zum Glück regnete es an den folgenden Tagen nicht. Erst am dritten Tag fielen zaghaft erste Tropfen vom Himmel, und ich beeilte mich, gleich nach der Schule meinen Hauptgewinn aus seiner elenden Lage zu befreien. Ich fand den Baum, fand die

Überreste des gelben Plastikkamms, machte drei Schritte in die entsprechende Richtung und fing an zu graben. Karin hatte mir ihre Schüppe geliehen. Dreck und Lehmhaufen wuchsen links und rechts neben mir und hinter mir und vor mir. Nach einer halben Ewigkeit – ich war umzingelt von kleinen bis mittelgroßen Erdhügeln – gab ich auf.

Der Bär war fort.

Hatte sich aufgelöst.

War gefressen worden.

Von einer schwarzen Käferarmee.

An und für sich war es nicht nötig, dass ich die Erde zurück in die ausgehobenen Löcher schaufelte und doch offenbarte sich in dieser eher der Verzweiflung und dem Frust geschuldeten Tätigkeit das eigentliche Schicksal meines Hauptgewinns. Inmitten des Drecks und Lehms entdeckte ich einen weißen Zettel mit Rechenkästchen, umständlich herausgerissen aus einem Schulheft, und auf diesem Zettel prangten in krakeliger Schrift fünf Großbuchstaben, die das Wort DANKE bildeten.

Das Schreiben und das Lesen 1
Musik: *Echo & The Bunnymen – All My Colours*

Anfang der Achtziger Jahre schrieb ich Musikkritiken fürs *Marabo*. Eines der führenden Szenemagazine im Ruhrgebiet. Dabei lernte ich einen Typen kennen, der Achim oder Frank hieß. Achim-Frank fotografierte gelegentlich fürs *Marabo* und zeichnete nebenher. Er suchte für ein Buchprojekt einen Autor, der schwarzhumorige Kurzgeschichten schrieb. Ich erzählte ihm, dass ich vier solcher Storys zu Hause in der Schublade hätte und bei Bedarf sicher weitere vier oder auch sogar sechs schreiben könnte. Er war interessiert. Und so versuchte ich, in den folgenden Wochen und Monaten – er brauchte die Geschichten erst in einem halben Jahr – sechs weitere schwarzhumorige Storys zu verfassen. Nach vier Monaten hatte ich drei Geschichten fertig, addiert zu den ersten vieren aus der Schublade besaß ich nun schon sieben. Bei der nächsten Redaktionssitzung erfuhr ich, dass Achim-Frank vor wenigen Tagen, quasi über Nacht, nach Berlin gezogen war, um der Einberufung zur Bundeswehr zu entkommen, und nichts hinterlassen hatte, also weder Adresse noch Telefonnummer. Da stand ich zunächst einmal blöd da, mit meinen sieben Geschichten. Wie der Wolf mit den sieben Geißlein. Ein schiefer Vergleich, wusste der Wolf doch, was er mit den Geißlein zu tun gedachte, während ich ... nun, beschriebenes Papier war nicht unmittelbar zu gebrauchen. Es gab da unter Umständen eine lukrative Möglichkeit, mit den Geschichten etwas anzufangen. Ich hatte erfahren, dass manch ein Hochglanz-Magazin, etwa der *Playboy*, um die zweitausend Mark für eine abgedruckte Story bezahlen würde. So machte ich mich ans Werk, wählte die Story aus, die ich mir in gedruckter Form in diesen Magazinen vorstellen konnte, und versandte dieselbe an den *Playboy* und an *Penthouse*. Wie in solchen Fällen üblich, tat sich erst einmal nichts. Nach sechs Wochen folgte die Absage des *Playboys*. Man habe genug Geschichten für die nächsten drei Jahre, lautete die Antwort. Hätte ich nicht gedacht, dass so viele Autoren dem *Playboy* Kurzgeschichten schicken würden. Auf alle Fälle machte ich mir nach dieser Antwort keine großen Hoffnungen mehr, dass es bei *Penthouse* anders laufen würde. Nach weiteren zwei Wochen hielt ich den Briefumschlag des *Penthouse* Magazins in den Händen. Er war im Unterschied zum *Playboy*-Umschlag leichter, was wohl bedeutete, dass nur ein Antwortschreiben, nicht aber meine Story, darin enthalten war. Konnte ein gutes Zeichen sein. Also: Vorfreude! – Allerdings hatte ich nicht ausdrücklich um Rücksendung meiner Geschichte gebeten, und selbst wenn doch, kein Verlag garantiert den Autoren, sogenannte unverlangt eingesandte Manuskripte zurückzusenden. Genaugenommen bestand ja nicht einmal ein Anspruch auf Antwort. Und doch war sie da, die Antwort. Das Öffnen des Briefumschlags, das Entnehmen des Antwortschreibens und dann erst das Lesen desselben entfachte in mir dieselbe aufgeregte Stimmung wie die Begleitung der Lottozahlen-Ziehung im Fernsehen, nachdem ich meinen ersten Tippschein abgegeben hatte. Einen Tippschein mit vier ausgefüllten Reihen. Sorgsam daheim ausgetüftelte Gewinnzahlen. Unfehlbar eigentlich. Und tatsächlich, ich hatte in einer der vier Reihen drei Richtige. Lächerlich. Sechs Mark fünfzehn Gewinn. Eine Art Freilos, wenn man so will. Mir kam es vor, als hätte ich verloren.

Das Antwortschreiben von *Penthouse* entpuppte sich auch als eine Art Freilos. Man war durchaus angetan von meiner Story und doch enthielt die positive Antwort einen Haken: Ich sollte das Ende neu schreiben. Es wäre zu vorhersehbar und somit würde, so beschrieb es der Lektor, dem wunderschönen Haus das Dach fehlen, zumindest würde es bei meinem Ende ordentlich hineinregnen ins Haus. Sollte ich mich nun freuen oder ärgern? Ich wusste keine Antwort. Tagelang grübelte ich über die Beantwortung der Frage nach, welches andere Ende ich der Story verpassen könnte.

»Kommen Sie beim Ende der Geschichte aus einer komplett anderen Ecke«, hatte der Lektor geschrieben.

Das Geheimnis, wie man auf gute Ideen kommt, lautet: Permanent über die Story nachdenken. Mit anderen Worten, mehr in der Story leben als tatsächlich. Das bleibt nicht immer ohne Nebenwirkung, kostet schon einmal einen Blechschaden am Auto oder hat zur Folge, dass man den halben Tag rätselnd im Keller verbringt, weil man unterwegs von der Wohnung die Treppen hinunter bis in den Kellerraum noch im fünften Versuch den Grund vergessen hat, der einen an diesen Ort geführt hatte. Trotz all dieser Widrigkeiten entsteht sie am Ende in dir: die rettende Idee. So war es auch bei mir. Der entscheidende Einfall kam mir in der Badewanne. Mein neues Story-Ende würde nun dermaßen deutlich aus einer anderen Ecke kommen, dass ich dachte, die zweitausend Mark Gage würden mir schon gehören. Ich schrieb die letzten beiden Seiten der Story komplett um, steckte die Geschichte mit dem neu gedeckten Dach in einen Briefumschlag und schickte sie mit einem optimistisch klingenden Anschreiben erneut ans *Penthouse*:

SWEET DREAMS

Eduard schnappte nach Luft. Er blieb für einen Augenblick stehen, blickte zur anderen Straßenseite und nickte zufrieden.

Er schien es doch noch geschafft zu haben. Vor dem Eingang beim großen Schaufenster war niemand zu sehen, er würde der erste sein. Er nahm ein weißes, seidenes Taschentuch aus der Jackentasche (Eduard verabscheute Papiertaschentücher) und betupfte seine Stirn. Er hatte die Verspätung der Straßenbahn mit einem prachtvollen Dauerlauf wettgemacht. Trotz seiner siebenundfünfzig Lebensjahre verfügte er über eine gute Kondition. Von der Haltestelle bis zu dieser Straßenecke, immerhin knapp achthundert Meter, ohne Verschnaufpause. Er faltete das Taschentuch zusammen und schob es in die Jackentasche zurück. Gemächlich trat er an den Zebrastreifen heran – winkte seine Vorfahrt als Fußgänger ignorierend zwei, drei Fahrzeuge vorbei – und bewegte sich sodann im Schlenderschritt hinüber zur anderen Straßenseite. Etwa auf halber Höhe des Zebrastreifens konnte er es bereits vage ausmachen: Das Plakat mit der Rothaarigen. Die letzten Schritte zog er das Tempo wieder an, ähnlich einem Läufer, der in die Zielgerade einbog. Vor dem Plakat blieb er stehen. Es war die Rothaarige. Er hatte sich nicht getäuscht. Nun, eigentlich wusste er es bereits seit letzter Woche. Aber der Zufall hätte beispielsweise in Form einer plötzlich einsetzenden Erkrankung für eine unliebsame Veränderung, ja Umbesetzung führen können. Eduard kalkulierte stets sämtliche Eventualitäten ein und blieb auf diese Weise vor Enttäuschungen sicher. Er wartete noch ein wenig, ordnete sein Jackett, strich mit angefeuchteten Fingern das Haar zurück und drückte sodann die Türklinke bis zum Anschlag hinunter. Wider Erwarten gab die Tür dem Druck seines Oberkörpers nicht nach. Er wiederholte all die Handlungen, die man gewöhnlich vornimmt, um eine Tür zu öffnen, rechnete schon damit, sich auf irgendeine ihm unerklärliche Weise lächerlich zu machen, als er die schwarze Hinweistafel hinter dem Türglas entdeckte: »Geänderte Öffnungszeiten!«

Es dauerte eine Weile, ehe er in der Lage war, seine Aufmerksamkeit den in geringerer Schriftgröße ausgedruckten neuen Terminen widmen zu können. Man hatte aus nicht näher erläuterten Gründen die Geschäftszeiten um eine Stunde nach hinten verschoben. Es blieben ihm demnach nahezu sechzig Minuten Wartezeit. Sollte er direkt hier? Vor dem Eingang? Es entsprach nicht seiner Art, in Eingängen herumzulungern. Er betrachtete die nähere Umgebung und entdeckte auf der anderen Straßenseite, eingeklemmt von zwei Kaufhäusern, ein kleines Café.

»Ding-Dong«, machte die Ladentür und Eduard setzte sich an einen der freien Tische dicht beim Fenster. So war er in der Lage, jede Veränderung auf der gegenüberliegenden Straßenseite sofort zu registrieren und entsprechend reagieren zu können; kurzum, es war ein geradezu idealer Warteplatz. Er bestellte ein Kännchen Kaffee, erkundigte sich bei zwei verschiedenen Personen nach der genauen Uhrzeit und verglich die erhaltenen Auskünfte mit der Anzeige seiner Armbanduhr. Die Abweichungen waren unwesentlich. Dennoch entschied sich Eduard für die Früheste der drei Zeiten. Danach blieben ihm noch exakt vierundfünfzig Minuten und elf Sekunden. Er nahm einen kräftigen Schluck vom Kaffee, zündete sich eine dunkle Zigarre an und lehnte sich im Stuhl zurück. Es war schon ärgerlich, dass man die Geschäftszeiten verschoben hatte, aber Eduard hatte diesen unerfreulichen Zwischenfall erstaunlich schnell verarbeitet. Das war letztlich auch seine goldene Lebensregel: Sich niemals durch irgendwelche Störelemente aus dem Rhythmus bringen zu lassen, immer der Melodie zu folgen, auch wenn einmal ein paar schräge Töne erklangen. Eduard hatte sich stets darangehalten, und es hatte sich bezahlt gemacht. Er dachte an die geräumige Eigentumswohnung mit dem kleinen Garten vor der Haustür und an das jährliche Urlaubsvergnügen. Eduard war ein erklärter Gegner aller Pfennigwender. Im Urlaub, da musste schon

einmal die Kuh fliegen dürfen. Und nicht zuletzt dachte Eduard an die in wenigen Tagen ablaufende Lieferfrist seines neuen Pkws. All das war der Lohn eines beständigen Voran-Schreitens, vom kleinen Angestellten die Leiter hinauf bis in die Chefetage. Er lächelte in sich hinein, nahm noch einen Schluck vom Kaffee und blickte zur Armbanduhr. Noch neununddreißig Minuten und drei Sekunden. Er hätte sich eine Akte mitnehmen können. Es war nur wegen der vergeudeten Wartezeit. Gewöhnlich hockte er nicht am Nachmittag eine volle Stunde wartend in einem Café herum.

Er griff nach der Zeitung, blätterte ziellos mehrere Seiten um und legte sie dann wieder beiseite. Die Rothaarige. Es lohnte zu warten. Selbst eine Stunde. Dabei wäre es sicherlich erheblich unangenehmer gewesen, wenn man die Öffnungszeiten eine Stunde vorverlegt hätte.

Eduard sah sich hintenanstehend in einer Schlange aus geifernden, gaffenden Idioten. Er schüttelte diesen wenig erfreulichen Gedanken von sich. Die Rothaarige. Wie sie wohl gekleidet sein mochte? Sie war neu im Geschäft. Er war bereits häufiger an den Werbetafeln vorbeigekommen, hatte einen Seitenblick auf die Plakate riskiert, das eine oder andere Mal auch einen Besuch in Erwägung gezogen, doch im Endeffekt, nach Filterung aller für und wider, nun, die anderen Damen waren ihm nicht gut genug gewesen. Es hatte ihnen am gewissen Etwas gemangelt. Vor exakt einer Woche war das Plakat mit der Rothaarigen hinzugekommen. Eduard erinnerte sich recht gut an die erste Begegnung. Er war zunächst stehen geblieben und hatte das Bild der Rothaarigen betrachtet. Mit einem Mal hatte er ein inneres Kribbeln verspürt und war noch näher an die Werbefläche herangetreten. Wie in Trance hatte er verweilt, und dann, dann hatte der Zeigefinger seiner rechten Hand begonnen wie von unsichtbaren Kräften bewegt die Konturen ihres Körpers nachzuzeichnen. Eduard entsann sich, jegliches Zeitgefühl verloren und einem Jubelchor rothaariger Nixen gelauscht zu haben. Die hypnotischen Kräfte hatten dermaßen auf ihn eingewirkt, dass er beinahe die Abendbrotzeit daheim verpasst hätte. Nun neigte Eduard keineswegs zu voreiligen Entschlüssen. Die erste Begeisterung anzweifelnd, war er täglich an besagtes Plakat herangetreten. Erst nachdem er festgestellt hatte, dass das Verlangen selbst nach einer ganzen Woche unverändert heftig in ihm weitertobte, war die Entscheidung gefallen. Die Rothaarige besaß tatsächlich, was all den anderen fehlte. Sie hatte Es. Eduard dachte kurz an seine Frau daheim, an die zwei bis drei Beziehungen vor der Ehe. Da war Martina mit den langen Beinen, die von ihm nur Freundschaft wollte, gleichzeitig aber mit all seinen Bekannten intime Verhältnisse unterhielt.

»Du küsst wie ein Schwamm«, die Worte von Anna, seiner ersten Liebe.

Liebe selbst war ihm im Nachhinein ein recht schwammiger Begriff. Anna hatte ihn tief gekränkt damals. Dabei hatte es an ihr gelegen, sie war unfähig gewesen, komplett loszulassen, in das Gefühl der Leidenschaft richtig einzutauchen, und hatte ihm Vorwürfe gemacht.

»Du bist nicht zärtlich genug!« Renate, das lebende Stofftier. Jeder Winkel ihrer Wohnung in Beschlag genommen von den unglaublichsten Stofftierungeheuern. Renate hatte ihn in Gegenwart einiger Arbeitskollegen Schnuffi gerufen und zu guter Letzt von ihm verlangt, er möge sie doch vorher an bestimmten Körperstellen mit den wuscheligen Ohren ihres Stoffelefanten Dumbo streicheln.

Eduard nahm das seidene Taschentuch aus seinem Jackett und presste es fest gegen seine Stirn. Obgleich diese Ereignisse etliche Jahre zurücklagen, konnte er sich in Erinnerung der Schreckensbilder noch immer einer gewissen Gereiztheit nicht erwehren. Mit seiner Frau sprach er nicht über diese Dinge. Sie wollte nicht, blockte ihn *ab.* Eduard sah kurz auf seine Armbanduhr. Es blieben noch knapp zwanzig Minuten. Sicherheitshalber erkundigte er sich wieder bei zwei verschiedenen Personen nach der Uhrzeit und nahm auch diesmal die früheste Zeit, auch wenn sie von einem langhaarigen männlichen Individuum mit zotteligem Vollbart kam. Zugegeben, Eduard zögerte zunächst, wobei er den wohl knapp dreißigjährigen Sonderling eingehend betrachtete, ließ jedoch dann den weltoffenen Geist in sich siegen und veränderte die Anzeige seiner Armbanduhr. Es blieben noch zwanzig Minuten und dreißig Sekunden. Eduard hielt nach dem Kellner Ausschau. Sicherheitshalber. Es nahm dann auch ganze fünf Minuten in Anspruch, ehe dieser endlich mit der Rechnung an seinem Tisch erschien.

Ja, seine Frau gab sich schweigsam wie ein Grab, wenn es um gewisse Dinge ging. Nicht, dass ihn so etwas ernsthaft störte, Eduard hatte sie schließlich geheelicht. Es schien ihm in der Tat kein bedeutendes Moment einer Partnerschaft, ständig über alles zu sprechen, aber seine Frau hatte im Laufe der Jahre gewisse Eigenarten entwickelt. Sie sprühte mit Parfüm. Nun gewiss, eine Menge Frauen liebten erlesene Düfte, aber verwandelten sie deshalb die gesamte Wohnung in eine Parfümerie und bestäubten darüber hinaus den Ehemann, wenn er etwa spät abends in entsprechender Laune an seine Frau herantrat? Es verging in der Regel keine volle Minute, bis sie ihre Lippen von seinen löste, die Nase krauszog und begann, wie ein Jagdhund herumzuschnüffeln. Und während sie ihn noch im Arm hielt, ertastete ihre freie Hand einen ihrer zahlreichen Parfümflakons, um seine Leidenschaft mit einer wahren Kanonade herb-maskulinen Duftstoffes zu betäuben. Dabei geschah es nicht selten, dass Eduard minutenlang mit einem Hustenanfall kämpfen musste. In der Nacht träumte er regelmäßig von seinem Erstickungstod.

Es wurde Zeit. Ihm blieben noch gut acht Minuten bis zur Öffnung des Geschäfts auf der gegenüberliegenden Straßenseite. Am Ende büßte Eduard noch etwa drei Minuten ein, weil er beim Aufbruch Hut und Regenschirm im Café zurückgelassen hatte. Kurzentschlossen war er auf halbem Weg umgekehrt und hatte die vergessenen Gegenstände an sich genommen. Nun waren es noch knapp vier Minuten. Die Rothaarige lächelte vom Plakat zu ihm herab und Eduard fuhr sich genießerisch mit der Zungenspitze über die Lippen. Dieses Geschäft existierte etwa sechs Monate, eine vollkommen neuartige Sache.

Er drückte die Türklinke hinunter und diesmal gab die Tür nach. Zufrieden stellte er fest, dass niemand vor ihm an der Reihe war. Die Rothaarige hockte an einem der Tische, die sich im Bereich der großen Ladenkasse befanden. Eduard stolperte auf sie zu und nickte kurz. Sie sah zu ihm auf: »Dreihundert«, flötete ihre Stimme.

»Phantastisch«, dachte er, weit besser noch als die Verheißungen des Werbeplakats. Seine Hände schwitzten leicht.

Die Rothaarige blickte ihn herausfordernd an: »Nun?«

»Selbstverständlich«, antwortete Eduard und zeigte sich bemüht, seiner Stimme einen festen, männlichen Klang zu verleihen. Er entnahm seiner Geldbörse den geforderten Betrag und reichte diesen an die Rothaarige weiter. Die langen, zarten Finger nahmen seine drei Geldscheine am äußersten Zipfel entgegen. Dabei sah sie ihn an. Sie blickte ihm direkt in die Augen und zwinkerte, so wie nur wenige Frauen zu zwinkern vermochten. Eduard fühlte, wie eine Gesichtsröte in ihm aufstieg. Ihr Mund schimmerte dunkelrot, ihr Lächeln war ein Winken, die Einladung ins Paradies. Die Ladenkasse gab einen hellen, zufriedenen Laut von sich und die Rothaarige schob die Lade zurück. Eduards Hände schwitzten heftiger. Es war nicht üblich, dass er dermaßen schwitzte. Es war das Neue. Sie kam hinter der Kasse vor und ihr Po wippte aufreizend bei jedem ihrer Schritte. Sie geleitete ihn in den hinteren Teil *der Räumlichkeiten zu einer Holztür. Ein Schlüssel drehte sich im Türschloss. Eduard folgte ihr den schmalen Gang hinunter zu der Kabine mit dem schwarzen Vorhang. Ihr Lächeln bahnte sich trotz der spärlichen Beleuchtung den Weg zu ihm. Er betrat die Kabine, kniete sich auf die Holzbank und blickte in Richtung des kreisrunden Sprechfeldes an der Außenwand. Obwohl er die Rothaarige nicht sehen konnte, war ihr Bildnis in ihm. Ihr Lächeln, der sanfte Tonfall ihrer Stimme. Eduard faltete in alter Gewohnheit die Hände und begann vorsichtig. Er berichtete, dass er beim Anblick von Schwämmen gleich welcher Art ein treibendes, nervöses Klopfen in sich verspürte und erst kürzlich bar jeder Selbstbeherrschung drei Fensterputzern die Schwämme entrissen hatte. Nach einer kurzen Pause gestand er der Rothaarigen, dass er sich häufiger nach Dienstschluss mit einer Schere in der Jackentasche durch die Spielzeuglä-den und Kaufhäuser der Innenstadt stahl, um den Stoffelefanten die Ohren abzutrennen.*

Nachdem die Rothaarige mit engelsgleicher Stimme Verständnis zum Ausdruck gebracht hatte, fiel ein letzter Rest Verkrampfung von ihm ab, und Eduard beichtete ihr von den ihn häufig heimsuchenden, peinigenden Zwangshandlungen der jüngsten Vergangenheit. Ohne Umschweife gestand er ein, dass er die polizeilich gesuchte männliche Person war, die seit ein paar Tagen vermummt durch die Stadt zog. Eduard bemühte den Vergleich mit einem Hund, der sein Revier markierte, um der Rothaarigen deutlich zu machen, auf welch ungeheuerliche Weise er den Auslagen der städtischen Parfümerien zu Leibe gerückt war.

Nach vier Wochen Wartezeit folgte die Antwort vom zuständigen Redakteur des *Penthouse*-Magazins. Ein Din-A-4-großer, brauner Briefumschlag wartete auf mich. Es war klar, dass sich außer dem Antwortschreiben auch meine Geschichte in dem

Umschlag befinden würde, was wiederum aller Voraussicht nach bedeuten würde, dass mein neu gedecktes Dach nach Ansicht des *Penthouse*-Magazins die Geschichte nicht in ein großes Ganzes verwandelt hatte und demnach abgelehnt worden war. Was tun? – Das Antwortschreiben ungeöffnet in den Müll befördern, kam mir in den Sinn. Eine Absage zu erhalten, ist schon schlimm genug, es dann auch noch schwarz auf weiß lesen zu müssen, gleicht einer doppelten Bestrafung. Dennoch entschied ich mich für die besonnenere Variante, beförderte die vermeintliche Absage ungelesen in meine Schreibtischschublade und beschloss, erst einmal abzuwarten. Einen besonderen Moment abzuwarten, eine freudige Situation, ein Highlight-Adventure, etwas, das mir genügend Stärke verleihen würde, um die vermeintliche *Penthouse* Absage von vornherein in eine lächerliche Nichtigkeit verwandeln zu können. Kurze Zeit darauf lernte ich Anja kennen. Ich studierte Jura, sie auch. Es dauerte keine zehn Sätze, bis wir gemeinsam beschlossen, auf der Stelle mit dem Studium aufzuhören. Die Paragrafen und ihre Auslegungsraffinessen und Tücken nervten gewaltig. Vor allem, weil es so unzählbar viele davon gab. Noch weit unerträglicher erschienen uns die Kommilitonen, das waren beinahe ausnahmslos braune Aktenkoffer schleppende, stinkkonservative Spießer. Mit diesen Leuten wollten wir nicht all die Lebensjahre, die noch vor uns lagen, tagtäglich zu tun haben. Wir saßen also in der Cafeteria, rauchten, tranken Kaffee und kamen überein, augenblicklich mit dem Studium aufzuhören und von diesem Tage an die Hörsäle, die Seminarräume, die Bücherei, ja selbst diese Cafeteria im GC-Gebäude nie wieder zu betreten. Wir besiegelten die Sache mit einem Kuss und schlossen eine Art Pakt, juristisch gesehen einen Vertrag, demzufolge der oder die Vertragsbrüchige dem oder der anderen Seite ein komplettes Jahr lang die Wohnung würde putzen müssen. Der Vertrag musste noch ein wenig an die jeweilige Realität angepasst werden, so war ihre Wohnung um zehn Quadratmeter größer als meine, aber schließlich passte alles und wir unterschrieben, kopierten den Vertrag und hielten beide ein Exemplar in den Händen. Nebenbei tauschten wir unsere Telefonnummern aus und verabredeten uns für den folgenden Samstagabend. Ja, und da war es, mein Highlight-Adventure! Die Vorfreude auf den kommenden Samstag reichte allemal aus, um eine Absage des *Penthouse*-Magazins locker wegzustecken. Zu Hause angekommen öffnete ich den Briefumschlag, hielt meine Story in den Händen und das Antwortschreiben. Eine Absage und doch keine totale Absage. Dem zuständigen Redakteur hatte meine Story mit neuem Dach gut gefallen, in der Redaktionssitzung war die Geschichte dann jedoch von der Chefredaktion abgelehnt worden. Der Redakteur verabschiedete sich mit einem Tipp: Ich sollte es mit der Story beim Konkurrenten, dem *Lui*-Magazin, versuchen. Er nannte mir sogar den Namen des dort zuständigen Mannes, Peter Herzberg, dem ich einen Gruß von ihm bestellen sollte.

Dann eben eine Veröffentlichung beim *Lui*, dachte ich. Ich nutzte die euphorischen Tage, die dem kommenden Samstag vorausgingen, fertigte ein lässiges Anschreiben an den Redakteur vom *Lui*, steckte die vom *Penthouse* zurückerhalten Story und das Anschreiben in einen Briefumschlag und schickte die Geschichte mit einem guten Gefühl erneut auf die Reise.

Samstagabend saß ich zur verabredeten Zeit im *Club am Hellweg* und wartete. Anja kam nicht. Eine knappe Stunde hielt ich durch. Wurde viermal angesprochen. Zweimal wegen Feuer und zweimal wegen Feuer und Zigarette. Feuer gab ich, Zigaretten nicht. Die Laune sank, tauchte irgendwann ganz ab. Blubb. Dann machte ich mich allein auf den Weg in die Nacht. Fuhr ins *Jara* nach Dortmund. Sonntagnachmittag rief ich sie an. Sie ging nicht ans Telefon. Auch am Montag nicht. Dann gab ich auf. Die GC-Gebäude an der Uni betrat ich nicht mehr. Am Ende würde mich ein gemeinsamer Bekannter sehen und dann würde ich noch ein Jahr Anjas Wohnung putzen müssen.

Zwei Wochen später antwortete *Lui*. Ich riss den Umschlag gleich auf:

Absage. Wortlaut: Wir sind nicht das Auffangbecken von abgelehnten *Penthouse*-Beiträgen. Unterschrieben war der Brief von einer Frau mit Vornamen Elke. Wahrscheinlich war Peter Herzberg, als meine Story beim *Lui* eingetroffen war, gerade im Urlaub oder strafversetzt, oder entlassen. Pech. Wie auch immer, mein Leben lang habe ich nur unangenehme Elkes kennengelernt.

Moderne Zeiten 1
Musik: *Monolink – Sirens*

Es geschah am helllichten Tag. Irgendwann im Februar 2014: Mein Handy gab den Geist auf. Akku-Totalschaden. Von diesem Moment an trieb mich die Mobiltelefon-Abhängigkeit vor sich her. Panik. Gefangen im Worst Case: Nicht erreichbar! Was mochte da nicht alles geschehen? Ein Großverlag signalisierte per SMS großes Interesse an meinen Büchern und bat um rasche Antwort und Entscheidung, diverse Leseveranstalter und Diskothekenbetreiber simsten verlockende Auftritts-Anfragen, ein guter Freund hatte einige Millionen im Lotto gewonnen und beabsichtigte, kurz bevor er sich auf eine einsame Insel zurückzog, mir eine davon abzutreten, sofern ich mich denn augenblicklich bei ihm melden würde ...

Keine Frage, ein neues Handy musste her. Und zwar zügig. Die Zeit des Smartphones war angebrochen, das heißt, eigentlich war sie schon seit längerem in vollem Gange. Die Elektronikmärkte in Bochum und Umgebung verkauften an Mobiltelefonen beinahe nur noch Smartphones. Ich stand der Begeisterung über das neue Technikwunder kritisch gegenüber, zu sehr erinnerte es mich an dieses *Tamagotchi*-Ding aus den 1990er Jahren, welches in einem fort gefüttert werden wollte und einen jeden Besitzer des kleinen Spielzeug-Ungetüms durch das Ausstoßen von quälenden Lauten dazu brachte, dem Ding den lieben langen Tag Aufmerksamkeit zu widmen, gerade so, als wäre es ein Lebewesen. War es aber nicht, bloß ein saublödes Plastikteil, das Zeit stahl. Eine Menge davon.

Meiner kritischen Grundhaltung zum Trotz war ich inzwischen jedoch nicht mehr völlig abgeneigt, mich auf das Experiment

Smartphone einzulassen, hauptsächlich allerdings, um den Anschluss an die Neuerungen der Technikwelt nicht komplett zu verpassen. Auf alle Fälle war ich nicht bereit, viel Geld zu investieren. Gleichzeitig musste das Handy für den Einsatz mit einer Prepaid-Sim-Karte geeignet sein. Der Verkäufer im Elektronikmarkt schaute nicht erfreut, als ich ihm meinen Wunsch vortrug und dabei mein Preislimit auf achtzig Euro bezifferte. Nach einer kurzen Denkpause, währenddessen er mit den Fingern seiner rechten Hand gegen die Holzverkleidung eines Schreibpults trommelte, empfahl er mir das *Samsung CallYa*. Ich nahm an, dass dieses Modell (immerhin eines von der etablierten Firma *Samsung*), technisch in Ordnung und wegen des günstigen Preises nur mit wenig zusätzlichem Schnick-Schnack ausgestattet sein würde. Das war mich gerade Recht, Extras verkomplizierten die Sache in der Regel nur unnötig. Ich lag sowas von falsch. Der alleinige Grund für den geringen Kaufpreis von neunundfünfzig Euro war: Das Gerät taugte nichts, trotz oder gerade wegen der Extras. Von Beginn an entpuppte sich das *CallYa*-Phone als ein auf permanent gestelltes Elektro-Mensch-Ärger-Dich-Nicht-Spiel im Handygewand. Und so einfallsreich und überaus Tat-aktiv sich das Ding im Ärgern präsentierte, so bescheiden blieben die telefonischen Leistungen. Die in einem fort, quasi im Sekundentakt, sich selbst aktivierende Bildschirmsperre machte es für einen ungeübten Handytastatur-Menschen wie mich zu einem Ding der Unmöglichkeit, den sechzehnstelligen Code der Prepaid-Karte schnell genug und fehlerfrei über die allemal Kinderfinger kompatible Tastatur einzugeben, ehe die Bildschirmsperre zuschlug. Ich probierte und probierte und scheiterte und scheiterte. Mein bestes Ergebnis lag bei neun Zahlen. Immer wieder stießen meine im Verhältnis zur Tastaturgröße stehenden Wurstfinger versehentlich gegen eine falsche Ziffer bzw. Buchstaben.

Die Computerstimme mahnte bereits, dass nun mein letzter Versuch folgen würde, ehe man das Smartphone sperren oder in die Luft jagen oder mich erschießen würde. Jedenfalls waren alle roten Lampen auf on, dazu Blaulicht und Tatütata. Der Augenblick war gekommen. Ich musste mich an einen Smartphone-Profi wenden, einen mit ultraflinken, schmalen Fingern oder zumindest jemanden, der fähig war, die Bildschirmsperre in den Schlaf-Modus zu versetzen. Meinem Bruder gelang das. Nicht der Schlaf-Modus, den gab es beim *CallYa* nicht, oder wenn doch, dann war er für Nicht-Nerds unauffindbar im Innern des Geräts verborgen worden. Mein Bruder wählte unbekümmert die blitzschnelle Variante, hatte er doch mir Laien gegenüber zwei Jahre Vorsprung im Umgang mit Smartphones. Sein Gelingen fiel am Ende äußerst knapp aus. Sieg über das *Samsung CallYa* quasi in letzter Sekunde, mit Schweiß auf der Stirn. Egal, ich hatte jedenfalls erst einmal fünfzehn Euro Guthaben und Zeit gewonnen, fit zu werden für mein erstes Smartphone. Die Zukunft konnte kommen! Und sie ließ nicht lange auf sich warten. So großartig die Bildschirm- und Tastatursperre auch funktionierte, um mich auch beim Namen und Telefonnummern speichern wie einen unfähigen Monopoly-Spieler immer wieder zurück auf Start und Neubeginn zu schicken, so schien das Gerät andererseits rasch gekränkt, dass ich ihm nur ungenügend Aufmerksamkeit widmete, es beispielsweise nicht täglich mit unzähligen Apps fütterte. Die Beleidigt-Phase des Smartphones währte nur kurz, dann fing es an, frustriert wie es war, selbstständig aktiv zu werden. Das *CallYa*-Phone verschickte SMS-Nachrichten folgenden Inhalts an meine gespeicherten Telefon-Kontakte: »Bin in der Schule, komme später.«

Derartige Mitteilungen sorgten bei einem Teil der Empfänger – beispielsweise meinem Hausarzt, Zahnarzt oder dem Kardiologen – für reichlich Verwirrung, beim anderen Teil, Lisa und den Menschen, die mich besser kannten, für Kopfschütteln, wussten sie doch, dass ich seit einer halben Ewigkeit nichts mehr mit der Schule zu tun hatte. Zusätzlich befand ich mich, der ich zeitlebens nur wenige Stunden in einem Büro gearbeitet hatte, dank des enormen Mitteilungsbedürfnisses vom *Samsung CallYa* mit einem Mal auch regelmäßig in wichtigen Besprechungen im Büro und durfte nicht gestört werden. Diese nicht mit mir abgesprochenen Mitteilungen des Smartphones lieferten schon genug Gründe, das Ding zu verschrotten, doch wie ein trotziges Kind, dass seine Lektion nicht lernen wollte, hielt ich am *CallYa* fest, um es mir und der Welt zu beweisen, dass ich das Miststück von Mobiltelefon schon noch in den Griff bekommen würde.

Die Trennung folgte wenig später. Ich hatte Besuch am Nachmittag. Ein entfernter Verwandter. Cousin dritten oder vierten Grades, wenn es das überhaupt gab. Stefan war jedenfalls vorbeigekommen, um ein Buch von mir zu kaufen. »Vielleicht sogar beide«, sagte er und meinte damit meine ersten Romane: *Hab Sonne* und *Requiem für Pac-Man*. Ich stand in der Küche, kochte Kaffee, und Cousin Stefan stand ein paar Schritte neben mir. Ich fütterte die Kaffeemaschine, und er lehnte lässig im Türrahmen und wartete auf sein Heißgetränk. Schweigend warteten wir gemeinsam, dass die Kaffeemaschine ihre Tätigkeit aufnahm. Noch ehe das bekannte Blubbern einsetzte und die ersten braunen Tropfen in die Glaskanne fielen, war mit einem Mal in meiner Mini-Küche ein ganz und gar ungewöhnliches Stöhnen zu vernehmen, dazu kleine spitze Schreie. Nichts horrorhaft Beängstigendes, eher Laute des Wohlgefallens. Mein Gehörsinn signalisierte mir, dass die Stimmen aus der Wohnung über mir kommen würden. Ich wunderte mich ein wenig, lebte dort doch seit geraumer Zeit ein älteres Ehepaar, von denen ich bisher nichts auch nur annähernd Vergleichbares vernommen hatte. Da der Sound von Lust und Leidenschaft so gar nicht enden wollte, wie mir schien sogar in seiner Intensität und Lautstärke zugelegt hatte, sodass auch der Vetter sichtbar aufmerksam wurde, fühlte ich mich genötigt, eine Bemerkung zu machen und sagte also in seine Richtung gewandt: »Keine Ahnung, wo das auf einmal herkommt.«

Cousin Stefan erwiderte noch immer lässig im Türrahmen lehnend: »Ich würde mal in der Hosentasche nachsehen.«

Ich wusste im ersten Moment gar nicht, was ich von seiner Antwort halten sollte und verfiel für einen Augenblick in eine Art Schockstarre, tastete dann jedoch nach meiner Hosentasche und fühlte die Umrisse des Mobiltelefons. Ich nahm es heraus und die Lustgeräusche wurden lauter. Damit war klar, sie kamen tatsächlich aus dem *Samsung CallYa*. Das Ding hatte sich – keine Ahnung, wie es das hinbekommen hatte – ohne mein Zutun, und vor allem ohne meine Erlaubnis, ins Internet eingewählt und surfte ausgelassen auf einer Pornoseite herum. Wut stieg in mir auf. Ich hätte das Ding vor die Wand klatschen können. Aber da stand Stefan und lachte. Nicht gehässig oder überheblich, aber doch auf eine Art, die das peinlich Unangenehme der Situation gut spiegelte. Ich wusste nichts zu sagen. Es gab auch nichts zu sagen. Jeder Versuch, die Sache erklären zu wollen, wäre von vornherein zum Scheitern verurteilt. Also schwieg ich und starrte auf die Kaffeemaschine. Eine ganze lange Weile. Bis der Kaffee fertig war. Ich füllte zwei Tassen mit der braunen Flüssigkeit und wir setzten uns. Das Ding, welches sich für ein Smartphone hielt, hatte ich ausgeschaltet. Das Grinsen auf Stefans Gesicht wollte nicht weichen und so versuchte ich nun doch, zur Rechtfertigung meinem Cousin die Eigenarten des *Samsung CallYa* näher zu bringen, fragte ihn gar gen Ende meiner Ausführungen, ob er es haben wolle, ich hätte nämlich gerade eben beschlossen, es ihm zu schenken. Er lehnte jedoch dankend ab und riet mir, stattdessen nachzuschauen, wieviel Geld mich der eigensinnige Ausflug meines Mobiltelefons kosten würde. Während ich zwei Löffel Zucker in meine Tasse rührte, trank er seinen Kaffee schwarz und entschied sich, noch immer von gelegentlich einsetzenden Lachanfällen geschüttelt, meine beiden Romane zu kaufen, quasi als Dank, weil er, wie er bekannte, schon beim Besuch bestens von mir unterhalten worden wäre und sich nun umso mehr auf die beiden Bücher freuen würde.

Als er fort war, schaute ich auf den Guthabenstand des Mobiltelefons und sah, dass der Internet-Ausflug des *Samsung-CallYa*-Handys auf die Pornoseite satte neun Euro und fünfzig Cent verschlungen hatte.

Mein Entschluss stand fest. War unumstößlich, in Stein gemeißelt: Abschalten, Sim-Karte herausnehmen, totale Trennung!

Nachtrag: Das *Samsung CallYa* fand bis heute keinen Abnehmer. Es liegt irgendwo im Keller. Ganz hinten, ganz unten im Regal. Es kann dort verrotten!

Von Sinnen 1
Musik: *IAMX – After Every Party I Die*

Der Orientierungssinn – insbesondere am Abend oder in der Nacht – war mir abhandengekommen, oder besser, er fehlte mir von vornherein. Dieses Manko beruhte auf einem groben Erziehungsfehler meiner Eltern, die der Meinung waren, ein Kind hätte stets zu Hause zu sein, sobald draußen die Straßenlaternen in Betrieb gingen. Da meine Eltern zudem rein gar nichts für Nachtwanderungen übrig hatten, war mir keine Möglichkeit gegeben, beizeiten zu erlernen, wie man sich in der Dunkelheit zurechtfindet. Das Erziehungsprinzip meiner Eltern – wenn es sich um das pünktliche nach Hause kommen bei einsetzender Dunkelheit drehte – erschien (und erscheint) mir umso fragwürdiger, war doch gerade mein Vater glühender Anhänger all der Merksätze althergebrachter Pädagogik-Ratgeber a la: Was Hänschen nicht lernt, lernt Hans nimmermehr!

Zu meinem Analphabetentum in Sachen Orientierung bei Dunkelheit gesellte sich eine leichte Kurzsichtigkeit, die zum ersten Mal im Alter von fünfzehn Jahren auffällig wurde. Das allerdings nur, weil ich in der Schule wieder einmal in der vorletzten Bank saß, sodass die Entfernung zum Lehrerpult und der in unmittelbarer Nähe befindlichen Schultafel schon enorm war. Wenn ich jedoch mit dem Zeigefinger ein wenig am äußeren Rand des Augenliedes zog, war ich durchaus imstande, alles an der Schultafel lesen zu können. Beinahe alles. Da gab es zwei mir besonders unsympathische Lehrer, die eine Vorliebe entwickelt hatten, Sätze an die Tafel zu kritzeln. Diesem Hobby frönten sie mit einer besonders kleinen Schrift. Da versagte mein Trick, die leichte Kurzsichtigkeit auszugleichen. Ich war überzeugt, dass selbst ein Adler

Schwierigkeiten gehabt hätte, von meinem Sitzplatz aus die Winzig-Buchstaben entziffern zu können, aber besagte Lehrer waren anderer Ansicht und so lautete das Urteil: »Wenn du das nicht lesen kannst, brauchst du eine Brille.«

Ich mochte Brillen nicht. Dennoch wurde mir – wohl als Nachwirkung eines Elternsprechtags – eine Brille gekauft. Fielmann und Co. waren noch Zukunftsmusik und so verpuffte mein Protest mangels geeigneter Alternative, als mein Vater für den Kauf das Brillengeschäft auswählte, das auch ihm dereinst sein Derrick-Brillen-Gestell verpasst hatte. In der Preiskategorie, die Vater für vollkommen ausreichend erachtete, gab es immerhin vier verschiedene Modelle zur Auswahl. Bei genauer Betrachtung handelte es sich jedoch um keine wirkliche Auswahl, es sei denn, man wäre auf der Suche nach einem Gesichts-Utensil für eine Geschmacklosenparty. Die Anprobe geriet zur Farce. Abwechselnd sah ich aus wie ein verstörter Triebtäter oder ein verklemmter Vollidiot. Vom dusseligen Verkäufer in die Bewusstlosigkeit gequatscht, entschied ich mich für das Modell Vollidiot Nummer zwei. Doof-silbrig-glänzend der Rahmen und gänzlich ohne Tönung die Gläser, dazu mit einem Gestell ausgestattet, das schwer wie Blei war und dennoch bei jeder Bewegung des Kopfes auf meiner Nase herum wackelte, ohne auch nur annähernd stabilen Halt zu finden. Das hinderte Brillenungetüm Modell Zwei allerdings nicht daran, meinen Gesichtsausdruck ins Absurde zu verändern und darüber hinaus schon nach kurzem Tragen üble Abdrücke auf meinen Nasenrücken zu zaubern.

Ich setzte das Ding so gut wie nie auf, und schon gar nicht, wenn andere Menschen um mich herum waren. In der Schule hielt ich es bei Bedarf höchstens einmal kurz wie eine Lupe vors Gesicht. Ansonsten lebte die Brille Marke Vollidiot Nummer zwei ein karges Brillenetui-Leben.

Gleich wie sich die Dinge in der Schule auch gestalteten, und ob die leichte Kurzsichtigkeit später überhaupt von größerer Bedeutung war, vom frühen Erwachsenenalter an suchte ich insbesondere bei Dunkelheit fortwährend mein Auto. In den seltensten Fällen fand sich ein Parkplatz in unmittelbarer Nähe der Location, in der ich zu verweilen gedachte, und schon nach kurzem Aufenthalt in einem der Szenelokale erwies sich mein Gedächtnis quasi als ausgelöscht, wenn es ums Abrufen der Information ging, wo ich zuvor mein Auto geparkt hatte. Nicht einmal die ersten Schritte, die grobe Richtung war mir noch bekannt. So irrte ich denn jedes Mal los und hoffte. War ich allein unterwegs, konnte ich meinem Ärger über den lang andauernden Suchprozess zumindest dadurch Luft machen, dass ich vor mich hin fluchte, hatte ich im Szenelokal jedoch jemand Bekanntes getroffen, etwa eine gute Freundin, der ich leichtsinniger Weise angeboten hatte, sie nach Hause zu fahren oder zumindest ein Stück weit mit dem Auto mitzunehmen, blieb mir nur, gute Miene zum bösen Spiel zu machen. Kaum befanden wir uns auf der Straße, tapste ich stumm umher wie ein mit Blindheit geschlagener Bär und eine Weile tapste die jeweilige Frau dann vertrauensvoll neben mir her, bis es ihr schließlich zu bunt wurde und sie entnervt vom unerwarteten wie abturnenden nächtlichen Spaziergang die Bahn nahm oder ein Taxi.

Gitta aus Schwerte, oder genauer, einem kleinen Kaff in der Nähe von Schwerte, war geduldiger. Sie hielt tapfer durch bis nach dem Absuchen der näheren Umgebung des Clubs in sämtliche Himmelsrichtungen das Auto endlich gefunden wurde und ließ sich im Anschluss von mir nach Hause fahren. Während der Fahrt kämpfte ich mit erschwerten Bedingungen: Es herrschte totales No-Drive-Wetter, bestehend aus Nieselregen und völliger Finsternis, also weder Mond noch Sterne. Hinzu kam, dass die Wegstrecke größtenteils über kaum beleuchtete mit schmalen Fahrbahnen ausgestattete Landstraßen führte. Diese furchtbaren Landstraßen, bei denen die dorfkundigen Einheimischen jede Kurve und sämtliche Unebenheiten des Straßenbelags auswendig kannten. Liebend gern stellten sie ihre Fahrkünste zur Show, indem sie vorausfahrenden Stadtdeppen wie mir mit Dauer-Lichthupe an der Stoßstange klebten, ehe sie zum Überholmanöver ansetzten. Noch im Überholvorgang schalteten sie um auf Lichtgeschwindigkeit, schossen raketengleich an meinem Fahrzeug vorbei und gaben so meine unter Aufbietung höchster Konzentration gehaltenen knapp siebzig Stundenkilometer der totalen Lächerlichkeit preis. Sodann behielten sie den Turboantrieb bei, um nur Bruchteile von Sekunden später komplett in der Dunkelheit zu verschwinden, geradeso, als hätte es sie nie gegeben. Gitta blieb während der Fahrt gelassen, fragte nicht, ob mein Auto einen Motorschaden hätte oder zu wenig PS, um zumindest die erlaubten hundert Stundenkilometer fahren zu können. Ich fühlte mich trotzdem furchtbar und dachte sogar kurz daran, die Möglichkeit eines weiteren Dates mit Gitta zu riskieren, indem ich meine Superbrille aus dem Handschuhfach nehmen und aufsetzen würde. Ich traute mich dann aber doch nicht. So fuhr ich weiter Schneckentempo und freute mich, wenn die Straße mal für einen oder zwei Kilometer sichtbar geradeaus ging, mich vom Gegenverkehr kein Fahrzeug mit eingeschaltetem Fernlicht blendete und vor allem, keine weiteren Raketen an mir vorbeischossen. Während eines solchen Abschnitts riskierte ich sogar, mal kurz zur Seite zu sehen, um zu überprüfen, ob Gitta noch atmete und was sich seitlich am Straßenrand so tat. Und dabei entdeckte ich den Tramper, der seinen rechten Arm – selbst für mich bei diesem Sauwetter sichtbar – Richtung Straße ausgestreckt hielt, wie es ein Tramper nun einmal so tat. Ich hatte keineswegs vor, ihn mitzunehmen. Wohl eher aus Stolz auf die noch vorhandene Leistungsfähigkeit meiner Augen, aber auch, um das Schweigen zu durchbrechen, sagte ich: »Was meinst du, sollen wir den mitnehmen?«

»Wen?«, fragte Gitta, und im selben Moment erkannte ich, dass es sich bei dem Tramper um einen Baum handelte, der dort am Straßenrand stand und einen seiner Äste in Richtung Straße ausgestreckt hatte. »Ach nichts«, sagte ich und zwang meinem Gesicht ein Lächeln auf, »ich wollte nur mal sehen, ob du noch wach bist.«

Es dauerte noch, aber schließlich erreichten wir Gittas Zuhause.

»So lang wäre ihr die Rückfahrt aus Dortmund noch nie vorgekommen«, sagte sie und gab mir einen Kuss. Wir trafen uns noch drei oder auch vier Mal. Ich fuhr sie jedes Mal nach Hause und nicht einmal war ich gezwungen, meine Brille aufzusetzen. Dann war es vorbei. Vom zweiten Date an erzählte sie mir mit Tränen in den Augen in aller Ausführlichkeit die Story von ihrem Ex, der bei einem Autounfall (ausgerechnet!) ums Leben gekommen war, und beteuerte, dass sie noch immer an ihn denken müsse. Die Art und Weise, wie sie die Geschichte erzählte, schuf eine derart bedrückende Atmosphäre, dass sämtliche Todesengelgesänge dagegen verblasst wären. Bei mir wollte jedenfalls keine positiv geartete Stimmung mehr aufkommen. An mehr als ein bloßes Tröster-Kuscheln war überhaupt nicht zu denken. Und so trennten sich unsere Wege.

Das Besondere 2
Musik: *Conjure One & Sinead o Connor – Tears From The Moon*

Datteln. Ich mag weder die Frucht noch die gleichnamige Kleinstadt im Ruhrgebiet. Und wenn ich – wie all die Jahre zuvor – niemanden in diesem Kaff gekannt hätte, wäre ich wohl kaum auf die Idee gekommen, auch nur einen Fuß hinter das Ortsschild zu setzen. Jedoch lebten Lisas Tochter Andrea und deren Familie, zu denen die beiden Söhne Maximilian und Florian gehörten, seit 2008 in Datteln.

2013 war Maximilian im Alter von fünf Jahren mit einem Mal krank geworden. Nicht auf die einfache Art durch eine Grippe, oder weil er Bauchschmerzen vom zu vielen Eis-Essen bekommen hatte, auch nicht wegen eines gebrochenen Beins oder eines verletzten Fußes. Maximilian hatte eine viel schwierigere Krankheit bekommen. Es war zu viel Gehirnwasser in seinem Kopf. Und darum musste er operiert werden. So wurde es seiner Mutter Andrea jedenfalls von den Ärzten erklärt, die ihn im Krankenhaus untersucht hatten. Das war schon eine verdammt gefährliche Sache, so eine Kopfoperation, und die Mama, der Papa, der kleine Bruder Mister Flo, die Omas und Opas, Tanten und Onkels und die Hunde Simba und Lenny waren ganz schön besorgt.

Etwa zwei Wochen bevor die Operation in einem großen Essener Krankenhaus vorgenommen werden sollte, war Tante Kerstin zu Besuch bei Maximilian und seiner Familie in Datteln. Es dämmerte schon, die beiden standen auf dem Balkon, und beim Blick in den Himmel sahen sie eine Sternschnuppe. Sie staunten nicht schlecht und Tante Kerstin sagte zum Maximilian: »Wenn man eine Sternschnuppe gesehen hat, dann darf man sich etwas wünschen.« – Maximilian sah Tante Kerstin aus großen und fragenden Augen an, und Tante Kerstin sagte: »Also pass auf, das geht so: Du schließt jetzt einfach deine Augen und denkst ganz fest an etwas Schönes, das du dir unbedingt wünschst.«

Maximilian schloss aber nicht die Augen, sondern erwiderte stattdessen: »Ich weiß aber gar nicht, was ich mir wünschen soll.«

Und da antwortete Tante Kerstin, weil sie in diesem Augenblick wieder einmal an die bevorstehende schwierige Operation dachte: »Wie wäre es denn, wenn du dir richtig viel Gesundheit wünschen würdest? Das ist immer eine gute Sache, wenn man sich Gesundheit wünscht.«

Maximilian sagte erst einmal gar nichts mehr.

Beide schwiegen.

Eine ganze Weile schwiegen die beiden.

Dann wurde es ihnen kalt auf dem Balkon, und sie gingen zurück in die Wohnung. Dort verging noch einmal eine ganze Menge Zeit. Als Tante Kerstin schon gar nicht mehr an die Sternschnuppe dachte, sagte Maximilian auf einmal: »Ich glaube, ich wünsche mir dann doch lieber ein Spiderman-T-Shirt.«

Das Schreiben und das Lesen 2
Musik: *Molly Nilsson – Dear Life*

Nach einer neun Monate andauernden, selbstgewählten Diskotheken-Abstinenz zog ich eines Freitagnachts in der zweiten Hälfte der neunziger Jahre gemeinsam mit Lisa mal wieder los. Testen, ob es mir noch gefallen würde. Ob ich es noch aushielt. *Butan* hieß der Club und der befand sich in Wuppertal. Ein DJ-Kollege aus *Zwischenfall*-Zeiten legte dort auf. Allerdings nicht im eigentlichen Club, sondern in einem abgetrennten, deutlich kleineren Club im Club. Der gesamte Laden wirkte auf mich wie ein umfunktionierter Luftschutzbunker, viel kalter Stein und schlechte Luft. Dazu eine Sound-Anlage, deren Bassboxen einem die tiefen Töne wie Faustschläge in die Magengrube hämmerten. Passend dazu war im großen Club Techno-Sound angesagt. Beim Kollegen im kleinen Ableger lief 80er-Musik, aber es verirrten sich kaum Leute in den Raum. Also war es dort zum Verweilen und Schauen eher langweilig. In den großen Club-Bruder drangen Lisa und ich nicht vor. Schon auf dem Gang dorthin böllerten die Bässe dermaßen gegen unsere Laufrichtung, dass wir nicht vorwärtskamen. Die Beine wollten einfach nicht weiter. Also: Gangaufenthalt. Ratlosigkeit. Verwirrung. Erste Gedanken an die Sinnlosigkeit des Unternehmens. Aber noch war keine Rede von einem Abbruch. Ich trank zwei Gläser Wasser auf Ex. Es ging mir etwas besser, aber ich musste zur Toilette. Die Klotür war zugekleistert mit Graffitis und dummen Sprüche. Ein Spruch blieb haften:
IST ES ZU LAUT, BIST DU ZU ALT!
Lisa und ich blieben nicht mehr lange. Der Toilettenspruch war die Initialzündung für die Aufbruchsstimmung. Während

der Rückfahrt befiel mich Wehmut. Es hieß wohl, Abschied zu nehmen vom DJ-Dasein, mich neu zu erfinden, irgendwie ...

Ein paar Tagen darauf beschloss ich wieder einmal, Schriftsteller zu werden. Dieses Mal ernsthafter als je zuvor und um das sogleich unter Beweis zu stellen, meldete ich mich an der Volkshochschule Bochum zu einem Kurs für Kreatives Schreiben an. Mit der Anmeldung und späteren Teilnahme beabsichtigte ich, hinter das Geheimnis zu kommen, wie man als Autor den inneren Schweinehund überlisten, Schreibblockaden überwinden und zu einem gleichbleibenden Schreibrhythmus gelangen konnte. Die selbstgesteckte Zielvorgabe bei Kursbeginn lautete: Im Anschluss an den Kurs in der Lage zu sein, regelmäßig drei Stunden am Tag an einem längeren Projekt, etwa einem Roman, arbeiten zu können. Bislang funktionierte das überhaupt nicht. Meine Konzentration plus Hingabe an die Schreiberei reichte im Schnitt gerade einmal für eine halbe Stunde am Tag oder eine Short Story im Vierteljahr, wenn überhaupt. Besonders frustrierend verlief die Dunkelheit-Licht-Situation. Am Abend und in der Nacht, kurzum, bei Dunkelheit schrieb ich während meiner halben Kreativstunde mitunter die famosesten Gedanken nieder, die sich später, bei Tageslicht besehen, häufig in nichtssagendes oder auch verschwurbeltes Geschreibsel verwandelten.

Der Kurs startete Anfang September um neunzehn Uhr in einer Art Schulklassenraum außerhalb der Volkshochschule. Außer mir waren um kurz vor sieben genau drei weitere Teilnehmer anwesend. Zwei weibliche und ein männlicher. Die sahen nicht gerade aus wie Erfolgsautoren. Nicht einmal wie Autoren sahen die aus, obwohl ich gar nicht genau sagen konnte, wie man als Autor glaubwürdig auszusehen hatte. Aber eben auf keinen Fall so, wie wir vier. Dabei verhielten wir uns exakt gleich. Jeder von uns hatte die Größe des Raums ansprechend genutzt und jeweils ein paar Stühle zum nächsten Nachbarn freigelassen. So würde niemand abschreiben können, wenn es darauf ankam. In dieser Sitzordnung warteten wir auf die Kursleitung, die aber nicht kam. Nicht um sieben und auch nicht um halb acht. Einfach gar nicht. Es kam auch niemand anderes, der oder die uns Bescheid sagte, warum die Kursleitung nicht kam. Ebenso wenig erschien ein weiterer Teilnehmer. So warteten wir vier, wie bereits beschrieben, räumlich geschickt voneinander getrennt, darauf, dass sich die Tür zum Klassenraum doch noch einmal auftun würde, oder – je näher es auf halb acht zuging – zumindest auf eine Reaktion der anderen drei Teilnehmer, die aber auch nicht erfolgte. Offensichtlich waren wir alle vier sehr interessiert am Kurs, dabei aber nicht sonderlich auf Kommunikation untereinander eingestellt. Im Dasitzen, Warten und Hoffen hatten wir jedenfalls das gleiche Ausdauer-Level erreicht, keiner von uns machte Anstalten, als erster aufzugeben, auch wenn wir in den verstrichenen dreißig Minuten nichts über das Schriftstellerdasein gelernt hatten und aller Voraussicht nach auch in der folgenden halben Stunde nichts zum Thema lernen würden. Ich weiß nicht mehr, wer von uns mit welchen Worten das Schweigen brach, jedenfalls beschlossen wir nach einer knappen Stunde blöden Herumsitzens, uns gegenseitig bekannt zu machen: Helen, Gudrun, Roger und Klaus. Nachdem wir unsere Vornamen schon einmal wussten, erschien es nur konsequent, dass wir direkt im Anschluss Telefonnummern austauschten, um in Kontakt zu bleiben, wenn sich an den folgenden Tagen herausstellen sollte, dass der Kurs aufgrund der geringen Teilnehmerzahl nicht zustande kommen sollte. Gudrun hatte schon zwei oder drei Mal einen ähnlichen Kurs belegt und schlug vor, sich am nächsten Tag telefonisch bei der Volkshochschule zu erkundigen und uns das Ergebnis ihres Gesprächs mitzuteilen. Es kam, wie vermutet: Der Kurs fand wegen der zu geringen Teilnehmerzahl nicht statt. Wir telefonierten miteinander, trafen uns in der Folgezeit am Kursabend privat und lasen uns dabei gegenseitig unsere Storys und Romananfänge vor. Das war aufregend und lehrreich zugleich. Ohne dass es eines Kommentars meiner drei Zuhörer bedurfte, empfand ich schon das Vorlesen als enorm hilfreich, weil mir während des Vorgangs einige umständlich formulierte Sätze auffielen, die ich dann markierte und später verbesserte. Häufig wurde mir an den Reaktionen von Gudrun, Helen und Roger auch klar, ob der Text in seiner Gesamtheit funktionierte und vor allem, ob er genügend Spannung, Humor, Originalität besaß, um die Aufmerksamkeit der Zuhörer zu halten. Trotz aller Hilfestellungen, die wir uns gegenseitig gaben, dauerte es eine gefühlte Ewigkeit, ehe sich bei mir während des Schreibens die notwendige Konzentriertheit, dieses Fokussiert sein auf die eine Sache einstellte. Noch immer hatte ich Schwierigkeiten, mich dem Schreiben hinzugeben, ohne nicht doch von irgendwelchen Gedanken abgelenkt zu sein. So entstanden in dieser Zeit – Mitte bis Ende der Neunziger Jahre – nur Textfragmente und wenige fertiggestellte Storys, geschweige denn ein ganzer Roman. Dennoch war es wichtig, dass wir uns trafen. Wer weiß, ob ich sonst überhaupt dabeigeblieben wäre ...

Gudrun besaß von uns vieren die meiste Erfahrung mit den theoretischen Grundlagen des Kreativen Schreibens. Sie hatte mehrere Ratgeber gelesen, diverse Volkshochschulkurse besucht und am – wenn auch in der Fachwelt äußerst umstrittenen – Ausbildungs-Programm der Alexander-Andersson-Schreibschule teilgenommen, die noch heute mit dem Slogan wirbt, Deutschlands größte Schule des Schreibens zu sein. Meine Stärken lagen eher in der Ideenschöpfung und Entwicklung ungewöhnlicher Storys. Darüber hinaus hatte ich als Redner und Gesprächsleiter in meinem Beruf als Sozialarbeiter reichlich Erfahrung gesammelt.

So beschlossen wir nach einem Jahr gemeinsamer Treffen, uns zusammenzutun und fortan Kreative Schreibkurse im Programm der Erwachsenenbildung der evangelischen Kirche anzubieten. Gudruns Mann Martin, der als Pfarrer dort tätig war, stellte die Weichen, und es gab sogar ein kleines Honorar. Wie bei der Volkshochschule fanden die Kurse einmal wöchentlich über einen Zeitraum von fünf Monaten statt. Es lief erstaunlich gut. Nicht einmal das Manko, dass keiner von uns beiden bisher eine eigene Buchveröffentlichung vorweisen konnte, erwies sich als hinderlich. Die Teilnehmer und Teilnehmerinnen akzeptierten uns auch so als Autoritäten auf dem Gebiet des Schreibens. Die Unterrichtsstunden waren stets gut besucht, bis auf das eine Mal, als gar keiner kam. Gudrun und ich hockten im Seminarraum und warteten und wunderten uns. Als nach dreißig Minuten noch immer kein Kurzsteilnehmer erschienen war, beschlossen wir, nach Hause zu gehen. Unten an der Eingangstür wurde uns dann deutlich, warum wir allein geblieben waren. Die Eingangstür war verschlossen. Der Hausmeister hatte Gudrun und mich um zwanzig nach sieben nicht kommen sehen. Wie sich später herausstellte, war er dann in Gedanken schon einen Tag in die Zukunft gereist, hatte den Montag für den Dienstag gehalten und da dienstagabends keine Veranstaltung in dem Gebäude stattfanden, hatte er pflichtbewusst um neunzehn Uhr dreißig die Eingangstür zugesperrt. Der Raum, in dem unser Kurs stattfand, befand sich im dritten Stock, und so hatten wir weder etwas davon mitbekommen, dass der Hausmeister an der Eingangstür auf beschriebene Art zur Tat geschritten war, noch um kurz nach acht von der lautstarken Diskussion der ausgesperrten Kursteilnehmer, die sich mächtig geärgert hatten, dass von uns nicht einmal einen Hinweis an der Tür angebracht worden war, aus dem hervorging, warum der Kurs an diesem Montag nicht stattfinden konnte.

Mysteriös 2
Musik: *Kissing The Pink – The Last Film (12-Inch-Version)*

Irgendwann im September 1982 besuchte ich das *Old Daddy* in Duisburg. Es war Samstagnacht, ich war mit Sue unterwegs, und sie war es, die vorgeschlagen hatte, dorthin zu fahren. Das Nachtleben einer anderen Stadt auszuprobieren, bedeutete zwangsläufig, anderen Leuten zu begegnen, die man begucken konnte. In Duisburg waren wir bis dahin noch nicht gewesen und *Old Daddy* nannte sich die Diskothek, die Sue dort empfohlen worden war. Der Name des Ladens klang in meinen Ohren nicht gerade verführerisch, eine Diskothek für alte Väter, was sollten da wohl für Leute herumhängen, dachte ich, behielt die Gedanken aber für mich. Auch wenn die Betreiber des Ladens sich wahrscheinlich gar nichts dabei gedacht hatten, als sie ihrem Club einen dermaßen nach gepflegter Langeweile klingenden Namen gegeben hatten, so lastete derselbe doch auf bedrückende Weise auf der Location, dem Sound und dem Publikum. Sue und ich fühlten uns von Beginn an ein wenig deplatziert zwischen all den Duisburger Daddys und Mummys. Das anwesende Völkchen hatte in etwa die Strahlkraft von Krautrock-Fans und nicht einmal *Schimanski* war vor Ort. Der Sound war, wie der Sound so war, allzu bekanntes Zeug und dennoch, schon auf der Rückfahrt hätte ich keine drei Titel mehr nennen können, die der DJ aufgelegt hatte. Alles komplett 08/15 im *Old Daddy* in Duisburg. Ein Film, den man übers Leben verteilt zehn Mal anschauen konnte und jedes Mal aufs Neue bezweifelte, dass man ihn überhaupt gesehen hatte. Ich tanzte nicht ein einziges Mal, Sue tanzte nie, und sprechen taten wir auch nicht, standen demnach nur so herum, knappe zwei Stunden vielleicht, tranken Kaffee, rauchten und schauten Menschen, bei deren Anblick Sue häufig ausrief: »Die könnte man so mitnehmen und sich zu Hause in die Vitrine stellen.«

Die Nacht schritt voran und als die ersten Gedanken an die Rückfahrt kamen, fragte ich mich schon einmal, wo ich mein Auto geparkt haben könnte, also rechts oder links vom Laden oder einfach nur geradeaus und stellte dabei fest, dass ich wieder mal keine Ahnung hatte. Zumindest den Straßennamen hatte ich mir gemerkt. Also würde ich fragen können, wenn denn draußen noch jemand unterwegs sein würde mitten in der Nacht in Duisburg, was ich jedoch stark bezweifelte. Aber vielleicht wusste Sue noch, wo ich geparkt hatte. Sie fragte mich kurz darauf nach einer Zigarette und da erst stellte ich fest, dass sich in meiner Schachtel nur noch zwei Kippen befanden. Ich gab ihr eine davon, steckte mir die andere an und machte mich auf die Suche nach einem Zigarettenautomaten. In der Regel befanden sich die Automaten in der Nähe der Toiletten, im Eingangsbereich oder bei der Garderobe. Ich suchte und fand den Automaten, oder er fand mich, was weiß ich. Jedenfalls schob ich ein Fünfmarkstück in den dafür vorgesehenen Schlitz und wollte die Taste mit der Sorte meiner Wahl drücken. Nichts tat sich. Die Taste gab dem Druck meines Daumens nicht nach. Der Grund: Das Geldstück hatte sich nicht einmal auf den Weg gemacht, um den Mechanismus in Gang zu setzen, der mir am Ende die Zigarettenschachtel bescheren würde. Der Fünfer lag wenige Zentimeter hinter dem Schlitz und dachte gar nicht daran, nach unten durchzurutschen. Er lag jedoch zu weit innen, als dass ich ihn mit den Fingerspitzen zurückholen und mit ordentlich Schwung noch einmal auf die Reise schicken konnte. Träge schlummerte der Fünfer im Eingangsbereich des Schlitzes wohl in einer Kuhle oder was weiß ich denn und verhöhnte mich. Den Automaten treten, schütteln, ohrfeigen ging nicht, es befanden sich zu viele Daddys und Mummys in der Nähe und ein paar von ihnen glotzten schon zu mir hin, jedenfalls kam es mir so vor. Ich hätte ein weiteres Geldstück, zehn Pfennig oder fünfzig hinterherschieben und auf diese Weise versuchen können, den liegen gebliebenen Fünfer anzuschubsen. Allerdings besaß ich kein einziges Geldstück mehr, lediglich Scheine, genaugenommen sogar nur einen einzigen Schein, einen Fünfziger. Es kam mir in den Sinn, Sue zu suchen, um sie nach einem Geldstück zu fragen. Dazu hätte ich allerdings den Automaten mit meinem Fünfer in Warteposition für kurze Zeit verlassen müssen. Weggegangen – Platz vergangen, dachte ich, verwarf den Gedanken an Sues Kleingeld und beschloss, meinen Fünfzigmarkschein zu nehmen, ihn mehrmals der Länge nach zu falten, bis er in den Schlitz passen würde, auf dass der durchs Falten kompakt gewordene Schein Kontakt mit dem Fünfer aufnehmen konnte und selbigen durch geschicktes Dirigieren des Fünfzigers mit meiner Hand aus seiner starren Lage würde befreien können. Vom Entschluss zur Tat dauerte es nur einen Refrain lang. *Walk away* sang *Andrew Eldrich* und die restlichen *Schwestern der Gnade* musizierten dazu. Ich schob in leicht gebückter Haltung den zusammengefalteten Fünfziger durch den Schlitz des Automaten und stocherte. Und stocherte. Ich stocherte noch, da war der Song der *Sisters* schon vorbei, und es lief die 12-Inch-Version von *Kissing The Pinks The Last Film*. Ein Song, den ich durchaus wertschätzte. Bis dahin durchaus wertgeschätzt hatte ...

Ein Typ Marke Kettenraucher näherte sich. Er roch wie eine Packung Rot Händle ohne Filter und brauchte wohl dringend Nachschub. Zunächst wartete er ein Weilchen und schaute mäßig interessiert meinem Geschicklichkeitsspielchen zu. Ich rechnete mit allem und vor allem mit einem doofen Spruch a la: »So knackt man den aber nicht!« – Aber es folgte kein Spruch. Das machte mich auch nicht ruhiger.

»Kann ich helfen?«, fragte die Rote Hand schließlich und lächelte ein Angebräunte-Zähne-Lächeln.

Ich hielt den Fünfziger fest, stocherte noch ein letztes Mal, beschloss aufzugeben, da der Fünfer sich nur minimal bewegen ließ, und es so am nötigen Schwung fehlte, ihn aus seinem Gefängnis zu befreien. Ohne einen tieferen Sinn darin zu sehen, weihte ich Mister Rote Hand mit wenigen Worten in meine missliche Situation ein. Es kam, wie befürchtet. Er bot an, auch einmal beim Stochern sein Glück zu versuchen, und ich ließ mich darauf ein. Während der *Roth-Händle*-Raucher-Mann stocherte, hatte ich einen gar gruseligen Film vor Augen: Innerhalb kürzester Zeit kamen von überall her Raucher und Raucherinnen herbeigeeilt, sodass sich eine Schlange vor dem Automaten bildete, und jeder und jede von den etwa fünfundzwanzig Wartenden beabsichtigte vor dem Zigarettenkauf mit meinem Fünfzigmarkschein auch mal kurz stochern zu wollen. Dazu kam es allerdings nicht. Der Rote-Hand-Mann hatte auch kein Stocher-Glück und holte mich in die Realität zurück: »Der Fünfer lässt sich so nicht bewegen«, sagte er, »da musst du an der Kasse Bescheid sagen oder an der Theke.« Die Situation vor dem Automaten wurde mir nun doch zu unüberschaubar und so beschloss ich, zunächst einmal meinen Fünfzigmarkschein aus dem Schlitz zu ziehen. Das erwies sich als weitaus schwieriger, als ich gedacht hatte. Der Fünfziger hatte sich in dem Schlitz verkeilt, saß fest, dachte gar nicht daran, so ohne Weiteres zu mir zurückzukehren. Die Nervosität wuchs. Gleich würde der Rote-Hand-Mann an meinem Fünfziger ziehen wollen, und er hatte verdammt grobe Hände, ich traute ihm ein angemessen vorsichtiges Ziehen nicht zu. Wahrscheinlich befand er sich ohnehin schon auf Rote-Hand-Entzug und würde beim Ziehen zittern. Und darum zog ich lieber noch einmal. Vielleicht eine Nuance kräftiger ... Rack. Zack. Und dann hielt ich den Schein in den Händen. Nicht den kompletten. Etwa die Hälfte. Wenn überhaupt. Ich begab mich nun doch zur Theke und hielt Ausschau nach Hilfe. Es dauerte. Inzwischen hatte sich Sue zu mir begeben, und ich bat sie, an der Theke zu warten, bis irgendwer vom Personal Zeit hätte, mit ihr zum Zigarettenautomaten zu kommen. Ich selbst machte mich sofort auf den Rückweg zum Automaten. Der Rote-Hand-Mann war fort. Mit ihm jedoch auch die zweite Hälfte meines Fünfzigmarkscheins. Nicht einmal der Fünfer befand sich noch im Schlitz des Automaten.

»Das ist übrigens die kleinere Hälfte«, sagte Sue wenig später, als sie den geretteten Rest meines Scheins begutachtet hatte, »den tauscht dir keine Bank mehr um.« Wir suchten gemeinsam das *Old Daddy* nach dem Rote-Hand-Mann ab, entdeckten ihn jedoch nicht.

Sue sollte Recht behalten, mein halber Schein wurde nicht umgetauscht. Am Montag nach dem Trip ins Duisburger Nachtleben demonstrierte mir der Sparkassenangestellte anhand eines kompletten Vergleichsscheins, dass es sich bei meinem Restschein (wenn auch nur knapp) um die kleinere Hälfte handelte, die nach den Vorschriften des Bankgewerbes als wertlos angesehen wurde, bis ich die fehlende größere Hälfte nachreichen könne.

Die 12-Inch von *Kissing The Pink* verbannte ich für Jahre aus meiner Plattenkiste, und ins *Old Daddy* nach Duisburg fuhr ich nie wieder.

Von Sinnen 2
Musik: *Of The Wand & The Moon – Times Out Of Reach*

In der Nacht des elften Mai 2019 träumte ich vom nächsten Morgen und davon, dass die Sonne verschwunden wäre und an ihrer Stelle eine violette Plastiktüte am Himmel hängen würde. Eine Art gigantische Einkaufstüte, die sich über die Sonne gestülpt hatte. Wissenschaftler gaben Statements ab und erklärten, es könne sich nur um einen Irrtum handeln, denn das sei technisch gar nicht möglich. Politiker riefen zur Besonnenheit auf und versicherten, es würde zu keiner Zeit irgendeine Gefahr bestehen, man könne die Fenster öffnen und aus dem Haus gehen. Es war nicht besonders hell an diesem Morgen, aber auch nicht dunkel. Man konnte durchaus ohne Taschenlampe etwas sehen, aber es roch ziemlich streng. Alles in allem war mir der Anblick der Sonne lieber. Auch wenn es zur Abwechslung mal ganz anders aussah dort oben zwischen den Wolken mit der violetten Plastiktüte. Jede Menge Kids standen herum, reckten ihre Smartphones in die Höhe und drehten *YouTube*-Videos und Selfies für *Instagram*. Als ich wachwurde, dachte ich: Was für ein irrer, symbolträchtiger Traum, und ich war gut gelaunt an diesem Vormittag.

Am Nachmittag rief Lisa an. Sie war mit Hund Zwei auf dem Weg zu mir und befand sich etwa auf halber Strecke unten bei den Grummer Teichen. Sie rief an, weil dort eine Wildgans auf einem Bein stand. Das andere Bein, sie hat ja von Natur aus zwei Beine, hielt sie leicht eingezogen und zugleich vom Körper weggestreckt in die Luft, und es war ganz dick das Bein, unnatürlich dick. Die Gans stand also dort auf einem Bein, mittig auf dem Spazierweg, und Lisa beteuerte, dass sie sich nicht einen Zentimeter fortbewegt hätte, nicht einmal als vor wenigen Minuten ein großer Hund an ihr vorbeigelaufen wäre.

»Die Wildgans muss krank sein«, sagte Lisa am Handy, »sie schwankt auch schon leicht, lange kann die sich nicht mehr aufrecht halten.«

Da Lisa kaum noch Guthaben auf ihrem Prepaid-Handy hatte, bat sie mich, doch rasch beim Tiernotdienst oder bei der Feuerwehr anzurufen, auf dass dem Gänse-Tier geholfen werden konnte.

Das ist mal wieder eine von diesen reichlich unangenehmen Aufgaben, die aber trotzdem angegangen werden müssen, dachte ich. Dabei ahnte ich schon im Vorfeld, dass bei der Sache kaum etwas Gescheites herauskommen würde, und doch rief ich an. Beim Tiernotdienst ging niemand ans Telefon. Bei der Feuerwehr schon. »Hinkel«, sagte der Mann am anderen Ende der Leitung und dann noch etwas von der Feuerwehr, also, dass er bei der Feuerwehr sei. Es hätte mich auch gewundert, wenn er nicht bei der Feuerwehr gewesen wäre, da ich ja bei der Feuerwehr angerufen hatte. Ich schilderte ihm das Problem mit der bein- oder fußkranken Wildgans. Der Feuerwehrmann unternahm einen ersten Abwimmel-Versuch: »Wildgänse schlafen gelegentlich auch mal auf einem Bein.«

»Diese Gans schläft aber nicht, sie hat die Augen auf und das eingezogene Bein ist ganz unnatürlich dick«, erläuterte ich, woraufhin Herr Hinkel, ohne zu zögern, Abwimmel-Versuch Nummer zwei startete: »Es kommt auch schon mal vor, dass eine Wildgans stirbt«, sagte er, »da kann man nichts machen, das ist die Natur.«

»Es sieht aber nicht so aus, als würde sie gleich sterben«, erwiderte ich im Vertrauen auf Lisas verlässliche Beobachtungsgabe, »sie hat nur ein verletztes Bein und braucht tierärztliche Hilfe.«

Hinkel räusperte sich und nachdem er ausgeräuspert hatte, klang seine Stimme noch mürrischer als vorher, und ich war mir mit einem Mal sicher, dass er Hubert mit Vornamen hieß, also Hubert Hinkel, Mitte fünfzig war, dazu tendenziell zu Magengeschwüren neigte, kein Haustier besaß und jedes Insekt totschlug, welches sich – wenn auch nur irrtümlich – in seiner Wohnung befand. Die mürrische Stimme fragte mich nach der exakten Position der Unglücksstelle. Ich beschrieb sie, so gut ich konnte. Das war Hubert Hinkel nicht präzise genug: »Die Hausnummer!«, knurrte er in die Telefonsprechmuschel. Ich dachte, dass es unten am Teich keine Hausnummern geben würde, und ich in meiner Wohnung etwa eineinhalb Kilometer entfernt hockte und die Hausnummern der in unmittelbarer Nähe befindlichen Josefinenstraße in Bochum nicht auswendig wusste. Ich versuchte es mit zusätzlichen Erklärungen: »Gegenüber der Apotheke führt ein Weg zum Teich, nur fünfzig Meter von der Straße weg, und da steht die Wildgans.«

Das reichte noch immer nicht, unerbittlich beharrte Hinkel auf Nennung der exakten Hausnummer: »Apotheken gibt es zur Genüge«, sagte er. Insbesondere misstraute er meiner Einlassung, dass es in der Josefinenstraße nur diese eine Apotheke geben würde. Es hing schon so etwas in der Luft, als ob Hubert Hinkel jeden Augenblick den Telefonhörer auflegen würde. Zum Glück fiel mir, noch bevor das tatsächlich geschah, der Name einer nahegelegenen Querstraße ein, und so rief ich in mein Smartphone: »Josefinen- Ecke Tenthoffstraße!«

Und siehe da, Herr Hinkel war sofort im Bilde: »Der Kaiserauenteich!«, rief er schon weit weniger mürrisch.

»Genau!«, antwortete ich erleichtert und wunderte mich, dass mir der Name des Teichs nicht selbst eingefallen war. Der Hausnummernfetischist Hinkel wurde nun immer freundlicher und

versprach sogar, gleich jemanden von der Feuerwehr vorbeizuschicken am Kaiserauenteich. Er bat darum, dass Lisa dort auf seinen Mann warten möge. Ich versprach ihm, dass ich sie sogleich
unterrichten und bitten würde, mit Hund Zwei bei der Wildgans
Stellung zu beziehen. Dann weihte ich Lisa ein und machte mich
auf den Weg, um ihr zur Seite zu stehen, aber auch, weil mich die
Angelegenheit interessierte. Als ich kurz darauf am Teich eintraf,
sah ich sie schon von weitem, die Wildgans, die noch immer auf
einem Bein stand, und zwar wegmittig, sodass die Spaziergänger
mit und ohne Hund nach wie vor unmittelbar an ihr vorbeimuss-
ten. Und obgleich diese Tiere normalerweise keinen Hund nah
an sich heranlassen, zuckte diese Gans nicht einmal, als Mensch
und Tier dicht an ihr vorbei spazierten.

Es dauerte kaum eine weitere Minute, da kam die Feuerwehr
in Zwei-Mann-Stärke zum Teich spaziert. Ein kräftiger älterer
Mann, Typ alter Feuerwehrhase, und ein schmaler jüngerer, Typ
Praktikant. Der alte Hase führte das Wort: »Die fliegt mit Sicherheit weg, sobald wir versuchen, die einzufangen«, orakelte
er. Der Praktikant sagte gar nichts. Vielleicht durfte er nicht, oder
er hatte keine Ahnung von Wildgänsen und konnte deshalb keine Prognose abgeben. Lisa und ich hielten dagegen: »Wildgänse stehen unter Naturschutz«, sagte Lisa, nachdem sie versucht
hatte, den alten Feuerwehrhasen davon zu überzeugen, dass sich
die Wildgans wegen ihres kranken Beines gar nicht vom Boden
würde abstoßen können, um sich in die Luft zu schwingen. Naturschutz schien das alles entscheidende Zauberwort. Die beiden
Feuerwehrleute beschlossen, trotz der wenig Mut machenden
Prognose des alten Hasen nun doch rasch tätig zu werden. Allerdings spazierten sie erst einmal zum Fahrzeug zurück, um Gerät-
schaften zum Einfangen und Transportieren der vermeintlichen
bein- oder fußkranken Wildgans zu holen. Mir kam ein Betäu-

bungsgewehr in den Sinn und ein großer Käfig auf Rädern oder Rollen, eine Art Trolley-Käfig. Es rumorte ordentlich im Fahrzeug. Man hörte es die fünfzig Meter bis zum Teich herunter. Ein Rumpeln und Pumpeln war das. Da wird schweres Geschütz aufgefahren, dachte ich, vielleicht sogar eine fahrbare Betäubungskanone. Endlich hörte es auf zu Rumpeln und die beiden Experten rückten an. Der Praktikant trug einen größeren Käfig. Unfahrbar. Der alte Feuerwehrhase hingegen hielt lediglich einen Schmetterlingskescher in der Hand. Keine Kanone, nicht einmal Betäubungspfeile und Blasrohr. Zugegeben, der Kescher fiel ein wenig größer aus als ein Schmetterlingskescher, aber ich war mir nicht sicher, ob die Wildgans da so ohne Weiteres hineinpassen würde. Auch schien mir schleierhaft, auf welche Weise der Mann die Gans mit seinem Kescher einfangen wollte, ohne das Tier zu verletzen. Der Weg bis zur Gans verlief leicht abschüssig und die beiden Feuerwehrexperten näherten sich dem Tier in normaler Gangart und leicht nach vorn gebeugter Haltung.

Die Spannung stieg.

Selbst Hund Zwei spitzte die Ohren.

Der alte Hase lag vorne und zwei Schritte hinter ihm folgte der Praktikant mit dem Käfig. Es waren noch gut und gerne fünf Schritte bis zur Wildgans, da hielt der alte Feuerwehrhase kurz inne und hob schon einmal vorsorglich den Arm mit dem Kescher in die Höhe. Dann machte er noch einen Schritt in Richtung Gans und dann, dann stolperte der Praktikant und ließ den Käfig fallen. »Trottel«, zischte der alte Feuerwehrhase. Die Gans hatte sich nicht bewegt. Der Praktikant hob den Käfig auf und sammelte sich, eine Entschuldigung murmelnd. Der alte Feuerwehrhase gab ihm ein Zeichen, hob erneut den Arm mit dem Kescher in die Höhe und ehe er den nächsten Schritt in Richtung Gans abschließen konnte, hatte sich das Tier ohne Mühe in die

Höhe erhoben, die Flügel ausgebreitet und war davongeflattert.

»Hab' ich's doch gesagt!«, rief der alte Feuerwehrhase, und der Praktikant klapperte zustimmend mit dem Käfig. Die beiden Experten verabschiedeten sich dennoch recht freundlich von uns und rauschten davon. In ihrem Bericht würde stehen: Zwei Öko-Fantasten spielen sich als Wildgansretter auf und kapieren nicht, dass die Gans nur schläft.

Ich dachte noch ein wenig über die Sache nach. Mir kam es inzwischen so vor, als hätte sich die Wildgans die ganze Aktion ausgedacht, um ein bisschen Spannung in ihren Gänsealltag zu bringen. Vielleicht musste sie aber auch eine Art Mutprobe bestehen, um in die örtliche Gänse-Gang aufgenommen zu werden. Wie auch immer, wir mit Verstand gesegneten Homo sapiens waren die Doofen: Der alte Feuerwehrhase mit seinem Kescher, der Praktikant mit dem Käfig, Hubert Hinkel, der Hausnummernfetischist, und vor allem Lisa und ich.

Das Schreiben und das Lesen 3
Musik: *Killing Joke – Euphoria*

2002 befand ich mich nach längerer Abstinenz mal wieder im Krankenhaus. Nicht freiwillig. Das Herz machte erneut Schwierigkeiten. Ich wurde auf ein Zwei-Personen-Zimmer einquartiert. Mein Bettnachbar hatte ebenfalls Herzprobleme. Er war geschätzte fünfundzwanzig Jahre älter als ich und vor seinem Rentnerdasein lange Jahre als Pfarrer tätig gewesen. Er besaß keine besonderen Merkmale, das heißt, er sah genauso aus, wie ein Mann von Anfang siebzig für gewöhnlich aussieht, annähernd kahler Schädel und ausladend rundliche Körperform inklusive. Vor gut zehn Jahren hatte er einen dreifachen Bypass gelegt bekommen. Inzwischen wiesen mindestens zwei der Bypässe Verschlüsse auf. Das machte ihm ordentlich zu schaffen. Das Herz hatte sich vergrößert. Er konnte kaum mehr im Liegen schlafen, und aufstehen oder gar umherwandeln ging gar nicht. Als ich kam, lag er schon ein paar Tage im Zimmer. Er betrachtete mich zu Beginn äußerst misstrauisch. Was hatte man ihm denn da aufs Zimmer gelegt? Wie konnte so ein schräger Vogel überhaupt mit derselben Krankheit gestraft sein wie der Herr Pfarrer? Und wenn schon, warum legte man diesen seltsamen Menschen zu ihm aufs Zimmer? Vielleicht hielt er es im ersten Augenblick sogar für möglich, dass ich ihm aus Gründen der Versuchung von Satan persönlich geschickt worden wäre. Er las jedenfalls auffällig häufig in seiner Bibel und faltete permanent die Hände. Außerdem bekam er ständig Besuch. Während ich Besuche im Krankenhaus aufs Minimum beschränkte, weil ich es als anstrengend empfand, den jeweiligen Gast im kargen Krankenzimmer bei Gesprächen im Flüsterton für die dreißig Pflichtminuten des Besuchs bei Laune zu halten,

74

blühte er geradezu auf und mutierte zum kraftvollen Unterhalter. Vom frühen Nachmittag an gaben sich die Besucher, auch manch ehemaliges Schäfchen befand sich darunter, die Klinke in die Hand, teilweise kamen gleich mehrere auf einmal, und ein jeder wollte von ihm unterhalten werden. Es wurde erzählt, gelacht und was nicht alles. Solange der Besuch im Zimmer verweilte, schien sein Krankheitszustand in den Schlafmodus versetzt. Der Pfarrer war ganz in seinem Element. Er schien mir gar derart euphorisiert, dass ich mich nicht gewundert hätte, wenn er sein Bett verlassen, sich als Kanzel-Ersatz auf einen Stuhl gestellt hätte, um ein kurzes Gebet zu sprechen, oder vorzuschlagen: »Wir singen Psalm X Vers 35b!« Und dann hätte es plötzlich nach Weihrauch gerochen, der Organist hätte in die Tasten gehauen und alle Anwesenden hätten in den Gesang eingestimmt, alle bis auf mich, den Abgesandten des Teufels. Ich hätte daraufhin im Bett Feuer gefangen und wäre mit ein paar extra lauten »Halleluja-Rufen« des Pfarrers vor Schmerz heulend gen Hölle gefahren. Jedoch, so kam es nicht. Vorerst blieb ich sein Bettnachbar und der Herr Pfarrer startete in aller Vorsicht den Versuch, ein Erkundungsgespräch mit mir zu beginnen. Erste Datensätze zur Person wechselten von Bett zu Bett. Name, Beruf, Familienstand, Krankheit. Punkt vier lag im Abfrage-Ranking des Herrn Pfarrers noch vor Hobby und nahm den größten Raum des Kennenlerngesprächs ein. So erfuhr ich die ganze Tragik seiner Bypass-Story, und dass er nun auf eine weitere Herz-OP wartete, bei der ihm neue Bypässe gelegt oder aber die verstopften freigemacht werden sollten. An einem der folgenden Tage erzählte ich ihm von meinem Vorhaben, Schriftsteller zu werden. Inzwischen hatte er sein Misstrauen gegen meine Person komplett abgelegt. Er schien nunmehr der Auffassung, Gott höchst selbst habe ihm diesen Bettnachbarn geschickt, um seine Vorurteilsfreiheit zu testen. Es war ihm wohl in den Sinn gekommen, dass auch Jesus einen verwegenen Haarschnitt getragen hatte und nach heute geltenden konservativen Maßstäben auch nicht gerade vertrauenswürdig ausgesehen hatte, und dieser neuen Erkenntnis folgend begegnete mir der Herr Pfarrer fortan mit Wohlwollen. Er bat mich, ihm doch eine Kostprobe meines schriftstellerischen Könnens darzubieten. Ja, ob ich vielleicht sogar Gedichte verfasst hätte, denn da könne er sich gut vorstellen, vorausgesetzt sie gefielen ihm, eines davon in der regelmäßig erscheinenden Kirchenzeitung abdrucken zu lassen. Ich entgegnete, dass ich nicht gerade der Gedichteschreiber vor dem Herrn wäre, allerdings zwei oder auch drei im Laufe der Zeit verfasst hätte, von denen eines wahrscheinlich sogar ins Kirchenblatt passen würde.

»Nur zu!«, rief er, und ich versprach, ihm das entsprechende Gedicht herauszusuchen und vorzutragen. Noch am selben Nachmittag bat ich Lisa, mir beim nächsten Besuch mein Schreibheft, in welchem ich meine Kurztexte notiert hatte, mitzubringen. Und am folgenden Abend war es dann soweit. Ich trug dem Herrn Pfarrer mein Gedicht vor:

Oben und Unten

Kaum steh' ich mal vor einem Baum
und könnt' verzückt nach oben schau'n,
mich still erfreu'n an seiner Pracht,
verspür' ich doch mit aller Macht
den Zwang, vorbei an Blatt und Zweigen,
bis in die Krone rauf zu steigen.
Äste dienen mir als Halt
und unter mir wird klein der Wald
und immer kleiner,
ich bin so froh, denn in des Baumes Krone
sitzt noch keiner.

Der Herr Pfarrer applaudierte, war begeistert, jedenfalls schien es so.

Er versprach, dafür zu sorgen, dass dieses Gedicht in einer der nächsten Ausgaben der Kirchenzeitung erscheinen würde. Ich blieb noch eine knappe Woche im Krankenhaus, musste eine unangenehme Herzkatheteruntersuchung (inzwischen meine dritte) über mich ergehen lassen, bei der sich glücklicher Weise keine Besorgnis erregenden Veränderungen der Herzkranzgefäße zeigten. Allerdings wurde mir die Teilnahme an einer Herzsportgruppe dringend angeraten.

Den Herrn Pfarrer hingegen erwartete eine böse Überraschung, erklärte ihm der Chefarzt doch ohne jeden Beschönigungsversuch, dass ein operativer Eingriff bei ihm zwar von Nöten, derzeit aber nicht durchgeführt werden könne, da er zu übergewichtig sei. Diesen Umstand habe er sich selbst zuzuschreiben, da ihm die negativen Auswirkungen von Übergewichtigkeit auf eine Herzoperation bereits vor Jahren ausführlich erklärt worden wären. Mein Bettnachbar war über die Auskunft des Chefarztes aufs Äußerste erbost. Nachdem dieser das Zimmer verlassen hatte, führte der Pfarrer Telefonate mit wichtigen Kontaktpersonen und ließ sich noch am gleichen Tag in ein anderes Krankenhaus verlegen. Ich sah und hörte nichts mehr von ihm.

Ein paar Wochen nach meiner Entlassung aus dem Krankenhaus fand ich eine Ausgabe der Kirchenzeitung in meinem Briefkasten mit meinem Gedicht. Es war meine erste literarische Veröffentlichung.

Halleluja!

Mysteriös 3
Musik: *Skinny Puppy – Wornin'*

Als Kind durfte ich gewisse Fragen nicht stellen. Tat ich es trotzdem, zog das zwar keine Bestrafung nach sich wie Ohrfeige oder Stubenarrest, sondern man strafte mich mit Ignoranz. So erhielt ich keine Antwort auf die Frage, warum in den Wild-West-Serien a la *Bonanza* oder *Cowboys* nie jemand aufs Klo musste. Nicht einmal bei den Kinderserien wie *Schweinchen Dick*, *Lassie* oder *Flipper* musste irgendwer auch nur ein einziges Mal aufs Klo. Dabei geht doch im realen Leben jeder Mensch ein paar Mal am Tag auf die Toilette und auch Tiere verrichten ihre Geschäfte regelmäßig. So wurde die Wirklichkeit schon im Kinderfilm der sechziger Jahre verändert. Gefälscht. Fake News for Kids.

Was ich erst recht nicht fragen durfte, war: Wie das mit den Juden im zweiten Weltkrieg war, ob meine Eltern Juden gekannt hätten, die von den Nazis abtransportiert worden waren. Ausnahmslos alle meiner Verwandten hatten weder eine jüdische Familie gekannt noch etwas von den grauenvollen Dingen wie Konzentrationslager und Vergasung mitbekommen. Das kam mir schon sehr merkwürdig vor. Sechs Millionen Menschen, die einfach so, von meiner gesamten Verwandtschaft unbemerkt, verschwinden konnten.

Ein weiteres schwieriges Thema war der Krieg als solcher und alles, was mit ihm zu tun hatte. So durfte Vater nicht gefragt werden, wie es für ihn im Krieg gelaufen war, ob er selbst oder Großvater oder einer der Onkels einmal oder mehrmals Auge in Auge dem Feind gegenübergestanden hatte. Und wie viele Feinde jeder von ihnen am Ende erschossen hatte. Nur wenn die Erwachsenen beisammensaßen und sich unterhielten, schnappte ich manchmal ein paar Brocken auf. Nachdem ich die Puzzlestücke sortiert und zusammengefügt hatte, ergab sich zur Jugend und der soldatischen Laufbahn meines Vaters für mich folgendes seltsames Gesamtbild: Vater war zuerst bei der Hitler-Jugend gewesen, weil da jeder hinmusste, oder wollte, oder gleich beides auf einmal, und dort wurden dann häufig deutsche Volkslieder gesungen und jede Menge Sport getrieben. Ein Mädchen kam als Freundin nicht in Frage, wenn sie zum Beispiel nicht gut Fahrrad fahren konnte. Damals ging es den Typen nicht um ein hübsches Gesicht mit vollen Lippen, nicht um die Oberweite, auch nicht darum, ob das Mädchen dick oder dünn war, einen kurzen Minirock trug, oder zumindest gut küssen konnte, wichtig war allein, ob sie eine Sportskanone war oder nicht. Noch ehe Vater die erste weibliche Sportskanone für sich entdeckt hatte, folgte – unmittelbar auf die Hitlerjugend – gleich der Krieg. Vater wollte zu den Fliegern, kam aber nicht zu den Fliegern, weil er schon am Boden schlecht sehen konnte und man davon ausging, dass er vom Himmel herab in Richtung Erde gar nichts mehr sehen würde, also dass sein Blick vom Flieger aus gar nicht bis zur Erde herunterreichen würde. So wurde er Matrose. Auf hoher See war die Sicht nicht so entscheidend. Die Reise ging schließlich nicht in die Antarktis, wo es darauf ankam, Eisbergen oder Treibeis auszuweichen, sondern nur nach Frankreich. Außerdem waren genug andere Matrosen an Bord, die gut sehen konnten, und fürs Deck schrubben reichte die Sehkraft meines Vaters allemal. Kaum an Land kam er sofort in die Kriegsgefangenschaft. Das war praktisch auch Vaters erster Feindkontakt. Und noch ehe aus seiner Waffe – hatte er überhaupt eine? – ein Schuss abgegeben werden konnte, war der Krieg auch schon vorbei, und es folgten Wochen und Monate oder gar Jahre in der Gefangenschaft. Das war nicht schön, mit so vielen Männern auf einem Haufen in schlechter Unterkunft und bei miserabler Verpflegung ewig und drei Tage dahinvegetieren zu müssen. Dazu permanent die fremde Sprache, von der Vater kein Wort verstand. Hitler und seine Kollegen hatten bei der Ausbildung ihrer Soldaten auf Fremdsprachenkenntnisse keinen Wert gelegt. Alles in allem gefiel es Vater überhaupt nicht in Gefangenschaft und so unternahm er drei Fluchtversuche. Sie misslangen alle drei. Nach dem ersten wurde er mit zwei Wochen bei halber Essensration abgestraft, nach dem zweiten bekam er eine Skinheadfrisur verpasst, die seine Ohren noch mehr vom Kopf abstehen ließen, als sie es ohnehin schon taten, sodass wohl keine weibliche Sportskanone noch mit ihm auch nur ins Kino gegangen wäre, und nach dem dritten wurde er an die Wand gestellt. Mit allem Drum und Dran, also das kalte Mauerwerk im Rücken und die Augen verbunden. Das letzte, was er zu sehen bekam, waren die drei französischen Soldaten mit Gewehren im Anschlag auf fünf Meter Abstand gegenüber. Der erste Schuss ging wohl knapp daneben. Jedoch der Knall ließ die Knie weich werden und die Muskeln erschlaffen. Da musste der befehlsgebende Franzose unterbrechen und erst einmal nachhelfen, auf dass Vater auch wieder ordentlich zu stehen kam, ehe der zweite Mann dem Schießbefehl des Vorgesetzten nachkam. Nachdem dieser Schuss deutlich drüber gegangen war, keimte in Vater erste Hoffnung, dass die Schützen noch kurzsichtiger waren als er selbst und auch der dritte Schuss sein Ziel verfehlen würde. So kam es dann auch, aber Vater hatte sich vor lauter Schreck in die Hose gemacht, was ich aber eigentlich gar nicht erzählen darf, weil das im Krieg unter dem Führer überhaupt nicht vorkommen durfte. Dennoch unternahm Vater einen weiteren Fluchtversuch, der glückte. Vielleicht verfolgten ihn die Franzosen auch gar nicht, weil sie nicht wussten, mit welcher Bestrafung sie Vaters vierten Fluchtversuch begegnen konnten. Der Krieg war ohnehin gewonnen und wenn sie ihn entkommen ließen, war ein Teller Suppe am Tag weniger auszuschenken. Wie auch immer, Vater kämpfte sich jedenfalls bis nach Bochum durch und traf dort auf seine Mutter, die zwar noch im selben Haus lebte, aber inzwischen in die Waschküche umgezogen war, weil der Feind ihre Wohnung beschlagnahmt hatte. Sie freute sich, ihren Sohn zwar abgemagert, aber gesund wiederzusehen und auch darüber, dass er mit dem Rauchen angefangen hatte. Und aus lauter Wiedersehensfreude rauchten die beiden erst einmal eine Zigarette zusammen. Leider konnte ich nicht mehr in Erfahrung bringen, ob mein Vater nach der Wiedersehens-Zigarette auch in die Waschküche eingezogen war, und wenn ja, wo er dort sein Nachtquartier aufgeschlagen hatte. Das wäre sowieso wieder so eine Frage gewesen, die ich niemals beantwortet gekriegt hätte.

Von Sinnen 3
Musik: *Abwärts – Lass Blumen sprechen*

»Sie da!«, rief's aus dem Park. Ich drehte mich einmal um die eigene Achse und entdeckte etwa zwanzig Meter hinter mir die einen Meter sechzig große, drahtige Frau, geschätzte Anfang fünfzig Jahre alt mit hochgesteckter Turmfrisur. Ein schwarzer, mittelgroßer Rüde befand sich vorschriftsmäßig angeleint an ihrer Seite.

»Ja, bitte?«, rief ich.

Die Frau näherte sich, und als sie nur noch ein paar Schritte von mir entfernt war, sagte sie: »Sie wollen doch wohl nicht einfach so weitergehen?« Sie sprach die Frage in angemessener Lautstärke, allerdings mit einem leicht aggressiven oder auch überheblichen Unterton, dabei aber in leicht beschleunigter Geschwindigkeit aus, sodass das Verkünden der gesamten Botschaft nur ein paar Sekunden dauerte. Die Zeit reichte für mich jedoch aus, um festzustellen, dass es sich bei dieser Frau um eine recht unangenehme Person handelte. Verkniffener Gesichtsausdruck ins Verbiesterte tendierend, böser Blick und eben diese Turmfrisur. Ich gerate schnell mal aneinander mit Turmfrisurenträgerinnen. Und ich ahnte, worauf ihre Frage abzielte. Hund Zwei hatte erst vor ein paar Augenblicken einen Hundehaufen ins Gebüsch gesetzt, und ich erkannte an der linken Hand der Verbiesterten den sattsam bekannten dunkelbraunen Plastikbeutel, der gut gefüllt zu sein schien. Die Frau machte noch einen Schritt auf mich zu und schon folgte die Frage, ob ich denn keinen entsprechenden Hundekot-Entsorgungsbeutel dabeihätte.

»Nein«, antwortete ich, »so etwas habe ich nicht.«

Es purzelten eine Menge belehrende Worte und Sätze aus dem

Mund der Verbiesterten, die ich kommentarlos über mich ergehen ließ. Gegen Ende ihrer Vorhaltungen bot sie mir in einem Akt der Gnade einen ihrer dunkelbraunen Beutel zum Geschenk an. Ich lehnte dankend ab: »Ich benutze schon seit längerem keine Plastikbeutel mehr«, sagte ich in ruhigem Tonfall. Und nun war ich an der Reihe, Belehrendes auf die Verbiesterte niederregnen zu lassen. Geschichten von der zerstörerischen Kraft sämtlicher Plastikartikel für unsere Umwelt. Da musste die Verbiesterte zunächst einmal kräftig schlucken und innehalten, ehe sie in ihre Spur zurückfand und einen längeren »Ja-aber«-Satz folgen ließ, in welchem sie haarklein beschrieb, wie sie später daheim den Beutel mit der Hundescheiße vorschriftsgemäß in einer entsprechenden Mülltonne entsorgen würde. Ich sagte, dass ich mir nicht vorstellen könnte, dass die Müllmänner nach dem Entleeren der Tonne ihre Plastik-Hundekackbeutel mit der verwesenden Scheiße einer gesonderten Mülltrennungsbehandlung unterziehen würden, und da ihr Hund wohl täglich mindestens einmal scheißen würde, kämen bei ihr gut und gerne dreihundertfünfundsechzig vollgeschissene dunkelbraune Plastikbeutel pro Jahr in die Mülltonne. »Das ist eine ganz unglaubliche Umweltbelastung, die Sie da in Gang setzen. Wenn das ein jeder Hundebesitzer täte, würde die Welt noch schneller untergehen, als sie es ohnehin bald tun würde.« Über diese Worte, so fuhr ich fort, solle sie ruhig daheim in Ruhe einmal intensiver nachdenken.

Ich wäre ein unverschämter Wirklichkeitsverdreher, rief die Verbiesterte, und dann sagte sie noch, dass sie mich beim Ordnungsamt anzeigen würde.

»Nur zu«, entgegnete ich, während sie sich mit ihrem Smartphone daran machte, zuerst mich aus verschiedenen Perspektiven und im Anschluss den Haufen von Hund Zwei zu fotografieren,

»dann erzählen Sie dem Ordnungsamt aber auch von den drei-
tausendsechshundertfünfzig, wenn nicht sogar weit über vier-
tausend Plastikbeuteln voller Hundescheiße, die Sie der Umwelt
im Laufe der Existenz ihres Hundes zumuten und noch zumuten
werden.«

Es gab nun nichts mehr zu sagen.

Wir gingen unserer Wege.

Die Verbiesterte mit Turmfrisur und stinkend-dunkelbraunem
Plastikbeutel, ich ohne.

Das Ordnungsamt hat sich bis heute nicht bei mir gemeldet.

Das Besondere 3
Musik: *Depeche Mode – Broken (FDieu RMX)*

2013 war Maximilian das erste Mal am Gehirn operiert worden. Es folgten noch drei weitere Eingriffe, in deren Verlauf er einen Shunt implantiert bekommen hatte, der von da an die Gehirn-flüssigkeit kontrollierte. Diese Operationen brachten es mit sich, dass Max schon sehr früh begann, sich mit der Thematik Sterben und Tod auseinanderzusetzen.

»Nach Afrika würde ich auf keinen Fall fliegen«, sagte er zu mir kurz vor seinem zehnten Geburtstag. Auch nach Indien oder Amerika nicht, also genau genommen würde er gar nicht fliegen, sagte er, denn wenn er aus solch einer Höhe abstürzen würde, wäre er ja auf der Stelle tot.

Ich erwiderte, ein tödlicher Unfall könnte einem auch im Auto zustoßen, ja selbst auf dem Fahrrad. Es gäbe sogar deutlich mehr Todesopfer im Straßenverkehr als bei Flugzeugabstürzen. Max ließ sich von meinen Argumenten nicht überzeugen. Darüber hinaus war er der Meinung, auch die Art des Sterbens wäre extrem wichtig, denn wenn man aus der Luft dort oben bei den Wolken herunter bis zur Erde falle, da wäre durch den harten Aufprall der Körper kaum noch am Stück vorhanden. Arme, Beine, Kopf, einfach alles würde vom Körper abgesprengt und kreuz und quer herumliegen, und kein Mensch könnte das später noch richtig wieder zusammensetzen.

»Und da gibt es noch etwas«, sagte Max, und dann erinnerte er mich an die Sache, von der ich ihm kürzlich erzählt hatte. Da hatte er mich gefragt, wie er denn nach seinem Tod seine Eltern und Großeltern in dem riesigen Himmel dort oben wiederfinden solle.

»Das ist doch nicht schwierig«, hatte ich geantwortet, »die Toten kommen genau dort in den Himmel, wo sie gelebt haben, also deine Mama und Oma Lisa hier in Bochum-Grumme.«

»Und wenn ich in Afrika oder Amerika sterben würde, käme ich dort in den Himmel und würde keinen der anderen Toten kennen und könnte mich nicht einmal richtig mit ihnen unterhalten, weil ich die Sprache nicht gut genug verstehen würde, und ich hätte keine Ahnung, wie ich als Toter vom Afrika-Himmel aus in den Himmel über Bochum-Grumme kommen sollte«, sagte Max, und dann fragte er mich, ob ich wüsste, dass es auch für Tote so etwas wie Flugreisen gäbe.

»Davon bin ich überzeugt«, sagte ich und nickte ihm beruhigend zu.

Das Schreiben und das Lesen 4
Musik: *Ordo Rosarius – Three Is An Orgy*

Im Dezember 2007 erblickte mein erster Roman mit dem Titel *Hab Sonne* das Licht der Welt. Zunächst allerdings nur bedingt, denn nach kurzer Verweildauer auf dem Schreibtisch wanderte die Lose-Blatt-Sammlung bis zur weiteren Verwendung in die Schublade. Wie dem auch war, es hatte mich locker drei Jahre gekostet, die zweihundertdreißig Seiten in ansprechender Form niederzuschreiben. Glücklich, erleichtert und voller Vorfreude auf die glorreichen Dinge, die nun auf mich zukommen würden – ich dachte dabei an *J.D. Salingers* Erfolge mit seinem Erstlingswerk *Fänger im Roggen* – suchte ich zwölf namhafte Verlage aus, denen ich meinen Roman zur Veröffentlichung anbot.

Zehn Monate später fuhr ich mit meinem Bruder und Roger, einem Freund aus Schreibanfängertagen, zur Frankfurter Buchmesse. Mein Roman *Hab Sonne* wartete noch immer auf seine Veröffentlichung. Nachdem ich im Laufe der vergangenen Monate zwölf unpersönliche Standard-Absagen von den ausgewählten Verlagen kassiert hatte, kam ich zu dem Schluss, dass mein Manuskript in den meisten (wenn nicht sogar in allen) Fällen nicht einmal angelesen worden war. Das hatte wohl nicht zuletzt damit zu tun, dass die größeren Verlage fünfzig oder noch mehr Angebote von unbekannten Autoren pro Tag erhielten, und die jeweils zuständigen Lektoren weder Lust noch Zeit hatten, sich tatsächlich mit derartig vielen Manuskripten zu beschäftigen. Meine einzige Chance, dass mein Romanangebot in Zukunft von Verlagsseite wenigstens angelesen würde, läge wohl darin, mich und mein Buchprojekt auf der Messe persönlich bekannt zu machen. Es waren gut und gerne dreißig Grad heiß, die Sonne brannte an diesem Oktobertag, als wir Richtung Frankfurt unterwegs waren. Jedenfalls fühlte ich mich nach der zweieinhalbstündigen Autofahrt im dunklen PKW ohne getönte Scheiben ordentlich durchgeschwitzt, als wir das Messegelände erreichten. Hinzu kam, dass ich den Liter Wasser, den ich während der Fahrt getrunken hatte, dringend ausscheiden musste. Es war schon kurz vor knapp, als ich eine Toilette fand. Während ich das Urinal längerfristig bediente, wurde rechts wie links neben mir dreimal gewechselt. Gleich fragt dich jemand, ob deine Blase geplatzt ist, dachte ich. Dann war ich endlich fertig. Also abschütteln, Hose hochziehen und den Knopf zur Betätigung der Wasserspülung im Urinal drücken. Wasser marsch, allerdings in die falsche Richtung. Eine Salve, wie aus einer Wasserpistole abgefeuert, traf mich, genauer, meine Hose. Als ich an mir heruntersah, kam mir in den Sinn, dass der nasse Fleck auch nicht anders aussehen würde, wenn ich mir in die Hose gemacht hätte. Beste Voraussetzungen also, um einen guten Eindruck auf Verleger und Lektoren zu machen. Ich würde wohl mit meiner Vorstellungs-Initiative warten müssen, bis der Fleck auf der Hose getrocknet sein würde. So steuerte ich erst einmal eine der zahlreichen Oasen des Messegeländes an, wählte ein Kaffeegetränk aus und wartete. Ich schaute dabei noch einmal auf meine vorab daheim angefertigten Aufzeichnungen, aus denen hervorging, wo sich die Verlage befanden, denen ich mich und mein Buchprojekt präsentieren wollte. Von erfahrener Besucherseite hatte ich gehört, dass die Großverlage nur selten Lektoren oder Mitarbeiter vor Ort hätten, die für die Auswahl neuer Autoren zuständig waren. In erster Linie wurden die zahlreichen Besucher während der Messe von freundlichen Verkaufsrepräsentanten bedient. Da würde ich nur mit Broschüren und bestenfalls Visitenkärtchen abgespeist werden. Dem Ratschlag folgend hatte ich für meine Buchmessen-Offensive eher kleinere, alternativ angehauchte Verlage ausgewählt. Der Kaffee war getrunken, der Fleck verblasst, und so setzte ich mich in Bewegung. Ich hatte daheim im Vorhinein zehn Exposees gefertigt, die ich bei Interesse an den jeweiligen Verleger übergeben konnte. Raffinierter Weise hatte ich ein Foto von mir in das Exposee eingearbeitet, auf dass sich später dann im Verlag der jeweilige Ansprechpartner auf der Messe gleich an mich erinnern konnte. Der erste auf meiner Liste war der *Verbrecher Verlag*. Ein origineller Verlagsname bedeutet dem Neuen, dem Unangepassten aufgeschlossen zu sein, assoziierte ich. Irrtum Total! Jedenfalls soweit es mich und mein Buchprojekt betraf. Ein kräftiger Mensch, Sorte Mann, Sorte unbekannte Sorte, schien der Ansprechpartner beim Verlagsstand vom *Verbrecher Verlag*. Ich kam nicht einmal dazu, mich und das Romanmanuskript auch nur im Ansatz vorzustellen. Kaum hatte ich meinen Namen gesagt und Sekunden später die drei Worte: »Autor aus Bochum«, ausgesprochen, verdunkelten sich die Gesichtszüge des *Verbrecher-Verlags*-Repräsentanten, und er gab mir in einer spontanen Mini-Wutrede zu verstehen, dass er auf so einen wie mich gerade noch gewartet hätte und dass es eine Unverschämtheit von mir wäre, ihn hier mit Derartigem zu penetrieren. Ich wartete seinen Ausbruch in aller Ruhe ab, woraufhin er noch einmal das Wort an mich richtete und eine Spur gelassener, also eher wie ein Nachrichtensprecher, fortfuhr, falls noch irgendetwas für mich unklar wäre, so könne er mir mitteilen, dass der Verlag bis zum Jahre 2015 mit Buchprojekten versorgt wäre.

Sieben Jahre Planung im Voraus, ergab meine Blitzrechnung. Ich glaubte ihm kein Wort, aber es ging ja nicht darum, was ich glaubte. Fakt war, ich wurde äußerst unsanft abserviert und blieb der alleinige Besitzer meiner zehn sorgfältig ausgetüftelten Exposees. Meine nächste Anlaufstelle war der *Ventil Verlag*. An Positivem blieb nach meinem Kurzbesuch dort zu vermelden: Der

Empfang fiel freundlicher aus, allerdings blieb das fünfminütige Gespräch stets im Ungefähren haften. Auch hatte ich den Eindruck, dass kein wirkliches Interesse an mir und meinem Romanprojekt bestand, der Verleger spulte das Programm ab, welches er stets zum Besten gab, wenn ein x-beliebiger Schreiberling sein Debüt an den Mann bringen wollte. Ein Exposee wollte der zuständige Verlagsmann auch nicht haben: »Das verliere ich am Ende doch nur«, sagte er und gab mir den Rat, ihm Anfang Januar zwanzig Manuskriptseiten und das Exposee zuzuschicken. Ich erhielt ein Visitenkärtchen.

Immerhin.

Vor der ersten Pause wollte ich noch einen dritten Verlag aufsuchen. Es handelte sich um den *U-Books Verlag*. Der Chef, oder zumindest der Typ hinter dem Stand, der den Chef darstellte, besaß zwar nicht annähernd den Körperumfang, aber durchaus die gleiche Ausstrahlung und Freundlichkeit des *Verbrecher-Verlags*-Mannes. Allerdings begegnete mir dieser Mensch nicht wutbeladen, sondern eher wie ein Automat, der eine bestimmte Antwort herausließ, wenn man vorher auf die jeweilig dazugehörige Taste gedrückt hatte. Vom Ergebnis her unterschieden sich die Erfahrungen beim *U-Books-* und *Verbrecher* Verlag nicht groß: »Im Augenblick kein Interesse, der Verlag ist ausgelastet bis ins Jahr 2013«, lautete die Antwort von *U-Books*. Immerhin, nur fünf Jahre Wartezeit. Ich hätte mich auf die Warteliste setzen lassen können. Tat ich aber nicht. Es war an der Zeit, erst einmal Pause zu machen. Ich bestellte einen Rotwein und setzte mich an einen der freien Tische. Die zehn Exposees legte ich neben mir ab. Ernüchterung machte sich breit trotz des Rotweins. Aber ich würde weitermachen. Es galt, noch ein paar Verlage aufzusuchen. Ich leerte das Glas, nahm meine Exposees vom Tisch und begab mich gestärkt auf den Weg. Der *Elfenbein Verlag* und der

Blumenbar Verlag folgten auf meiner Liste, von denen ich jedoch nur den ersten erfolgreich kontaktieren konnte, da bei *Blumenbar* zu viel Andrang herrschte. Dort hätte ich entweder ewig warten müssen, oder mein Anliegen inmitten eines neugierigen Pulks von weiteren *Blumenbar*-Interessenten vortragen müssen. Zu beidem fühlte ich mich nicht in der Verfassung. Überhaupt war mir die Rolle des Vertreters in eigener Sache nicht ganz geheuer. Immerhin sprach ich mit Herrn Elfenbein, der mit Sicherheit nicht so hieß, für mich in diesen Momenten des Gesprächs aber schon. Geduldig lauschte er meiner Selbstpräsentation. Ich glaubte gar in seinem Gesichtsausdruck zartes Interesse an meinem Buch-Projekt ausmachen zu können, mein Exposee lehnte er jedoch ab. So etwas sei Bullshit, sagte er, da könne er nichts mit anfangen, gedruckt werden solle schließlich der Roman. Ich möge ihm ruhig dreißig oder vierzig Manuskriptseiten zuschicken, dann würde er weitersehen. Es entstand sogar kurzzeitig eine Art vertrauter Atmosphäre, in welcher ich dem Verleger von meinen vorangegangenen Verlagsbesuchen berichtete, wobei Mister Elfenbein den Kopf schüttelte und sagte, es wäre natürlich totaler Quatsch, wenn ein Verleger erklären würde, er sei über Jahre ausgebucht, wo doch jeder in der Branche ständig auf das eine alles überragende Manuskriptangebot warten würde. Am Ende ging ich mit einem guten Gefühl und Visitenkärtchen Nummer zwei. Das positive Gespräch mit dem *Elfenbein*-Verleger im Gepäck nahm ich gleich noch Kontakt zur *Edition Nautilus* auf, wo mir drei Frauen im Hippielook gegenübersaßen, die mir ebenfalls freundlich bis aufgeschlossen begegneten. Nachdem ich mein Sprüchlein aufgesagt hatte und als Belohnung Visitenkarte Nummer drei erhielt, gönnte ich mir eine weitere Pause. Ich trank meinen zweiten Rotwein und fragte mich, ob ich meinem Vorhaben entsprechend tatsächlich nähere Kontakte zu einem der Verlage geknüpft hatte und ob sich zumindest einer von ihnen in zwei Wochen noch an mich erinnern würde. Ich hatte keine Ahnung, die Zweifel überwogen allerdings. Ich leerte das Glas Rotwein. Vier Versuche lagen noch vor mir. Zunächst jedoch trieb es mich erneut zur Toilette. Ich betätigte die Wasserspülung erst, nachdem ich meinen Körper ein gutes Stück seitwärts abgewandt hatte und blieb trocken. Hatte ich mich zuvor schon gewundert, dass nicht einer der Verlagsmenschen von der Diskothek *Zwischenfall* in Bochum-Langendreer gehört hatte, so wunderte ich mich nun gleich doppelt. Drei Personen, zwei männlich, eine weiblich in klassischem New Wave Styling befanden sich hinter dem Verlagsstand, den ich als nächstes ansteuerte. Der Verlag stand nicht einmal auf meiner Liste und ich vergaß den Namen auch gleich wieder, allerdings betonte ich bei der Präsentation meines Buchmanuskripts, dass der Roman die Entstehungsgeschichte der Diskothek *Zwischenfall* beinhalten würde. Das Styling der drei Repräsentanten des Verlags entpuppte sich als arglistige Täuschung, die drei Verlagsmenschen wussten nicht einmal etwas mit dem Begriff New Wave anzufangen. Wie aus einem Munde antworteten sie, dass sie nur Jazz-Musik hören würden. Ich verabschiedete mich, ehe sie mir ein Visitenkärtchen zustecken konnten. Diese verdammten Stereotype, dachte ich. Ein Schriftsteller, in dessen Roman Musik eine gewisse Rolle spielte, hatte sich unbedingt dem Jazz zu verschreiben. Der Klassik-Bereich würde auch noch wohlwollend zur Kenntnis genommen sowie die meisten Werke zeitgenössischer Musik. Mit einem anderen Sound-Schwerpunkt würde es schon deutlich schwieriger, einen interessierten Verleger zu finden. Eine Handvoll kleinerer Verlage würden manches aus der Rockmusik, dem Punk, Hardcore und dem HipHop akzeptieren, aber die melancholisch- bis depressiven Klänge der Post-Punk-Ära oder des New

Wave bis zum EBM, Batcave und Goth-Rock waren inakzeptabel und sollten für den ambitionierten Buchschreiber No-Go-Areas bleiben. Trotz allem machte ich weiter. Die Nadel im Heuhaufen suchend nahm ich Kontakt auf zum *Conte* Verlag. Man zeigte Interesse, und ich bekam Visitenkarte Nummer vier, hatte allerdings während des Gesprächs mit der Lektorin in keiner Phase das Gefühl, dass dieser Verlag der Richtige für meinen Roman sein könnte. Zu bieder-gediegen die Darstellung und bisher veröffentlichten Buchtitel des Verlags. Zum Abschluss meines Buchmessen-Vorstellungstrips besuchte ich den *Dittrich* Verlag. Eine dunkelhaarige, sympathische Mitdreißigerin entpuppte sich als meine Ansprechpartnerin und zugleich auch als Lektorin des Verlags. Und oh Wunder, sie kannte die Diskothek *Zwischenfall*, ja sie war – als sie noch in Köln wohnte – selbst ein paarmal dort zu Gast gewesen. Volltreffer, dachte ich, und tatsächlich signalisierte sie Interesse an meinem Roman, vorausgesetzt die sprachliche Umsetzung würde mit dem interessanten Inhalt schritthalten können. Zum Ende des Gesprächs teilte sie mir mit, dass sie nur noch ein paar Monate beim *Dittrich* Verlag tätig wäre und dann nach *Eichborn Berlin* wechseln würde. Ich könnte also wahlweise mein Manuskript an *Dittrich* oder, wenn ich es nicht ganz so eilig hätte, in ein paar Monaten an den *Eichborn-Berlin*-Verlag schicken. Ich bedankte mich. Die Lektorin steckte sich sogar mein Exposee ein.

Das Beste kommt zum Schluss, dachte ich, als ich bei meinem dritten Glas Wein saß, oder auch, wer zuletzt lacht, lacht am besten. Ich habe nie erfahren, ob der Nachthumor-Sound meiner Probekapitel die Lektorin zum Lachen gebracht hatte, ihre Antwort gab mir jedenfalls keinen Grund zu lachen. Schon als ich ein halbes Jahr nach dem Messegespräch in Frankfurt den Briefumschlag vom *Eichborn-Berlin*-Verlag in den Händen hielt und erstaunt die dort aufgedruckte Adresszeile betrachtete, ahnte ich, dass mein Roman bei *Eichborn* nicht erscheinen würde. Adressiert war der Brief an eine gewisse Frau Klaus Märkert, wobei ich bis heute nicht eine Frau kennengelernt habe, die den Vornamen Klaus trug, …

Ihre Absage entpuppte sich dann auch als übliche Standardabsage und enthielt keine Andeutung in Richtung ihres vorgegeben Interesses während unseres Messegesprächs.

Ein halbes Jahr später auf der Leipziger Buchmesse traf ich auf meinen zukünftigen Verleger, den Olli von der *Edition PaperOne,* der äußerst interessiert war an meinem Buchprojekt. In Nullkommanix entwickelte sich eine konstruktive Form der Zusammenarbeit. Es kam mir vor, als wäre ich plötzlich zum Bestandteil der Zigarettenwerbung geworden. Das HB-Männchen, dem plötzlich alles mit Leichtigkeit gelang, was im Vorhinein ständig schiefgegangen war. Zwei Monate nach unserem Erstgespräch im März 2009 auf der Buchmesse, hielt ich im Rahmen des Wave-Gotik-Treffens meinen ersten Roman mit dem Titel *Hab Sonne* in Buchform in den Händen, erschienen bei der Leipziger *Edition PaperOne.*

Von Sinnen 4
Musik: *Paradise Lost – Beneath Broken Earth*

Verdammt mysteriös zeigte sich die Stimmungslage an diesem Spätabend Ende August 2018. Das Wetter kündete von unberechenbaren Dingen, denn es war so ein Wetter, da mochte durchaus ein Hurrikan vorbeiziehen. Ich stieg trotzdem ins Auto und besuchte Gerd. Vielleicht hatte es mit dieser Stimmungslage zu tun, jedenfalls kamen wir nach kurzer Zeit auf das Thema Sterben zu sprechen. Vorwiegend verweilten wir beim Unterthema, warum der Mensch hierzulande nicht selbst bestimmen darf, wann, wo und wie er letzten Endes aus seinem Leben aussteigt. Verdammtes katholisches Kirchenpack mit ihren unseligen Leidensgedanken, wonach es dem Herrn allein vorbehalten ist, den Halbtoten von seinen Qualen zu erlösen. In der Folgezeit gingen wir in unserer Auseinandersetzung mit der Thematik einen Schritt weiter, verließen die Ebene des Abwägens von Für und Wider, wechselten in den Bereich zwischen distanzierter Betrachtung und finaler Tat, blieben also nicht beim Talk, sondern befragten Mister Google. Unsere Frage an den Gott der Suchmaschinen lautete: Wie viele Schlaftabletten muss ich einnehmen, um sicher ins Jenseits hinüberzuschlafen, also ohne lästiges Wachwerden zwischendurch und überhaupt. Ruck zuck landeten wir auf einem der zahlreichen Selbstmordforen, wo genau diese Frage vor wenigen Wochen erst von einer Monika Maier gestellt worden war. Monika hatte eine Menge Antworten erhalten. Und durchaus mannigfaltig vom Inhalt her. Ein User namens Pustekuchen93 beteuerte, fünfhundertachtundzwanzig *Tavor* wären dabei von Nöten, um ganz auf der sicheren Seite zu sein, oder besser gesagt, auf der anderen Seite anzukommen.

Dem widersprach Sir Ronald der Dritte, welcher behauptete, dass fünfunddreißig *Planum* ausreichen würden. Einige Rat gebende User waren der Überzeugung, sowohl Schlaf- als auch Beruhigungstabletten wären seit einigen Jahren schon nicht mehr für den Suizid geeignet, weil auf Einwirken einflussreicher Gegner des selbstbestimmten Lebensendes in die Tabletten ein Wirkstoff eingearbeitet worden wäre, der einen jeden Konsumenten ab einer gewissen Dosis zum Kotzen brächte. Dieses Vorgehen wiederum hätte zur Folge, dass der durch die Einnahme von einer tödlichen Dosis an Tabletten um ein Vielfaches gesteigerte Wirkstoff gar nicht in den entsprechenden Körperregionen ankommen könnte. Einziges Ergebnis am Ende: Eine vollgekotzte Bettstätte. – Wenn's stimmte, wäre das natürlich im doppelten Sinne eine Riesensauerei. Man stelle sich nur vor, der Selbstmordkandidat hätte vorsorglich seine Waschmaschine bereits verkauft, verschenkt, was man eben mit technischen Geräten so anstellt, wenn man beschlossen hat, sich aus dem Leben zu verabschieden.

Am Schlüssigsten von allen Rat-Gebenden des Forums äußerten sich die Gebrüder Fridolin und Johannes Rasputin mit dem Hinweis, dass diese Frage nur zufriedenstellend von Jemandem beantwortet werden könnte, der es bereits erfolgreich hinter sich gebracht hätte.

Bei aller Originalität der Beiträge, im Forum fand sich kein wirklich hilfreicher Tipp zum Thema. So blieb am Ende die Verärgerung über die Entmündigung des Bürgers seitens der Rechtsprechung, soweit es um Fragen des selbstgewählten Lebensendes ging.

Gegen Mitternacht verabschiedete ich mich von Gerd. Ich startete das Auto, schob eine CD ins Laufwerk, vernahm die ersten Klänge von *Beneath broken earth* der Band *Paradise Lost*, und schaltete das Abblendlicht ein. Das Tier nahm ich erst wahr, als ich schon angefahren und das Auto vom Parkplatz heruntergerollt war. Eine Gottesanbeterin hockte im oberen Drittel recht mittig auf der Frontscheibe und glotzte zu mir ins Wageninnere. Auch wenn diese Tiere aller Wahrscheinlichkeit nach gar nicht imstande sind, irgendwo hinein zu glotzen, kam es mir so vor, als glotze sie, die Gottesanbeterin. Mein erster Gedanke lautete: Sofort anhalten, aussteigen, und das Tier verscheuchen. Allerdings zeigte es sich von durchaus imposanter Gestalt und Größe, für ein Insekt geradezu atemberaubend groß. Auch wusste ich zu wenig über diese Tiere, war im Grunde schon froh, überhaupt erkennen zu können, wer dort als blinder Passagier auf der Scheibe hockte. In erster Linie fragte ich mich, ob die Gottesanbeterin gegenüber der Spezies Mensch von aggressivem Temperament und womöglich gar in der Lage wäre, mich zu stechen. Wenn ja, wieviel Gift enthielt ihr Stachel? Ich folgte dem zweiten Gedanken, der mir nahelegte, einfach weiterzufahren, beschloss allerdings, recht langsam zu fahren und insbesondere die Kurven sanft anzugehen, um dem Tier eine Chance zu geben, dem Fahrtwind trotzen zu können. Während der ersten paar hundert Fahrtmeter beobachtete ich, dass die Anbeterin ihre Beinchen gespreizt und gleichsam leicht eingeknickt hatte, um den Insektenkörper so gut es eben ging gegen die Scheibe pressen zu können. Sie beabsichtigte wohl, dem Fahrtwind so wenig Angriffsfläche wie möglich zu bieten. Die ist nicht zum ersten Mal Auto gefahren, dachte ich. Während ich permanent die Geschwindigkeit drosselte, als befände ich mich in einer nicht enden wollenden Dreißiger Zone, erinnerte ich mich, kürzlich erst gehört oder gelesen zu haben, dass diese Tiere in unseren Breitengraden recht selten vorkommen, und so hielt ich es für wahrscheinlich, dass die Gottesanbeterin die Fahrt auf meiner Frontscheibe bewusst angetreten hatte, um in einer anderen Ecke von Bochum möglicherweise auf Partnersuche zu gehen.

Das wäre immerhin möglich...

Ich fuhr und die Gottesanbeterin fuhr mit.

Die gesamten vier Kilometer Nachtfahrt.

Auf der Frontscheibe.

Ich parkte das Fahrzeug, stieg vorsichtig aus und wünschte dem Tier Gute Nacht und eine schöne Zeit in Bochum-Grumme.

Am nächsten Morgen war sie fort. Es fiel mir wieder ein, dass diese Tiere, also die Weibchen, den Gottesanbeter-Männchen im Anschluss an den Geschlechtsakt gern einmal den Kopf abbissen. Ich hoffte inständig, dass es in Bochum-Grumme keine Gottesanbeter-Männchen geben würde.

Das Besondere 4
Musik: *Anthony Keyrouz – Dark Places*

Das war schon ein ungewöhnlich milder Januarmontagmorgen im Jahr 2013 in Datteln. Eigentlich war es überall im Ruhrgebiet zu warm für einen Wintermorgen, und so eben auch in Datteln. Mr. Flo, der – wenn er ein Kuchen geworden wäre – mit Sicherheit ein Apfelkuchen geworden wäre, wachte in seinem Kinderbett auf, rieb sich die Augen vom Sandmännchen-Sand frei und als das geschehen war, da sah er das Gesicht von Oma Lisa vor sich. Oma Lisa stand doch tatsächlich neben seinem Kinderbettchen, lächelte zu ihm hinunter und wünschte ihm einen Guten Morgen. Das war schon sehr merkwürdig, denn die Oma Lisa wohnte schließlich in Bochum, und das lag eine gute halbe Stunde Autofahrt von Datteln entfernt. Wie also konnte sie hier bei seinem Kinderbett stehen und ihm einen Guten Morgen wünschen?

Und überhaupt ...

Wo war seine Mama, und wo sein älterer Bruder Maximilian?

Immerhin streckte Simba seinen großen Schäferhundekopf ins Kinderzimmer. Direkt neben Simbas Kopf tauchte allerdings auch der Hundekopf von Hund Zwei (Lenny) auf und Hund Zwei lebte eigentlich bei der Oma Lisa in Bochum ...

So ganz allmählich kehrte bei dem noch keine drei Jahre alten Mr. Flo die Erinnerung zurück an das, was ihm die Mama den Tag zuvor gesagt hatte, dass sie nämlich mit Maximilian für ein paar Tage in ein großes Krankenhaus müsse und dass an diesen Tagen die Oma Lisa aus Bochum mit der Lenny, also Hund Zwei, vorbeikommen und auf ihn aufpassen würde. Und mit der Erinnerung trat er ebenso plötzlich wie gewaltig tief aus seinem Innern hervor, der ganz große Schmerz über die fehlende Mama und den fehlenden Bruder Maximilian. Und auch wenn Mr. Flo Oma Lisa sehr gut leiden mochte, der Schmerz, der ihn nun überfallen hatte, der war riesig, und er wuchs und wuchs mit jedem Atemzug wie ein Luftballon, der auch immer größer wird, wenn man nur genug Luft hineinbläst. Und genauso wie der Luftballon irgendwann von all der Atemluft überquillt und platzt, schossen bei Mr. Flo aus den überfüllten Tränendepots mit einem Mal jede Menge Tränen in die Augen und rollten über die Wangen am Hals herunter. Große, kugelrunde Krokodilstränen waren auch dabei, obwohl es in Datteln gar keine Krokodile gibt, außer als Spielzeugfiguren in der Puppenkiste von Maximilian. Da war so ein Krokodil, das mit dem Mund klappern konnte. Und weil es so frech klapperte mit dem Krokodilsmaul, hatte Hund Zwei auch schon ein paarmal versucht, das Krokodil zu beißen.

Aber egal.

Mr. Flo weinte und schluchzte fürchterlich und der Tränenfluss schien kein Ende zu finden. Da nahm ihn die Oma Lisa in den Arm, tröstete ihn so gut es ging, und als auch das nicht richtig helfen wollte gegen den großen Kummer, fragte sie Mr. Flo: »Gibt es denn irgendetwas, das dieses riesige Schmerzkrokodil fortjagen könnte?«

Und daraufhin sah Mr. Flo, der – wenn er ein Kuchen geworden wäre – manchmal auch gern ein Erdbeerkuchen geworden wäre – die Oma Lisa an mit seinem kleinen, noch keine drei Jahre alten Kindergesicht voller Krokodilstränen und ganz plötzlich blitzte eine kleine Sonne aus den verweinten Kinderaugen, deren Strahlen gleich ein paar der Tränen trockneten. Und während die kleine Sonne mutig weiterstrahlte und dabei weitere Tränenspuren beseitigte, sagte Mr. Flo nur ein einziges Wort: »EIS!«

Oma Lisa nickte verständnisvoll, spazierte mit Mr. Flo in die

Küche zum Kühlschrank und öffnete das Tiefkühlfach mit den drei schwarzen Sternen drauf. Und wenig später hatte die kleine Sonne bereits solch eine Kraft entwickelt, dass es Mr. Flo beinahe schon wie eine Alltäglichkeit erschien, dass er an diesem Montagmorgen im Januar um sieben Uhr früh mit Oma Lisa aus Bochum in der Dattelner Wohnung vor dem Kühlschrank saß und Erdbeereis schleckte.

Das Schreiben und das Lesen 5
Musik: *Lana Del Rey – Gods And Monsters*

Oktober 2015. Nachdem sich der Hagener *Eisenhut-Verlag* im Sommer 2015 als solcher verabschiedet hatte, begab ich mich im Herbst erneut auf Verlagssuche. Ein fertiggeschriebenes Romanmanuskript von gut zweihundert Seiten wartete auf Veröffentlichung. Im Vorfeld der Leipziger Buchmesse hatte ich mir Notizen zu einigen in Frage kommenden Verlagen gemacht und darüber hinaus eine Verabredung mit dem *Unsichtbar-Verlag* getroffen. Letzterer machte seinem Namen alle Ehre. Der Stand war so winzig, dass ich zunächst drei Mal vorbeilief, ehe ich die kleine Büchernische entdeckte. Meine Kontaktperson, Dirk Bernemann, den ich schon längere Zeit als überaus netten und fähigen Schriftstellerkollegen schätzte, hielt Autogrammstunde ab. Auf Intervention von Dirk beendete der leicht mürrisch dreinblickende Verleger, der sich mittelmäßig angeregt mit einem Kunden unterhielt, sein Gespräch, um mich, den kleinverlagsgeschädigten (schon vier Verlagspleiten miterlebt) Autor aus dem Ruhrgebiet mit seinem Anliegen anzuhören. Ohne dass auch nur ein Wort über Inhalt und Titel des Romanmanuskripts, welches ich anzubieten hatte, verloren wurde, ergab sich ein bescheidenes Frage-Antwort-Intermezzo nachfolgenden Wortlauts.

Herr Unsichtbar: »Wie lang ist der Roman?«

Ich: »Etwa zweihundert Normseiten.«

Unsichtbar: »Dann hat der ja um die vierzigtausend Wörter?«

Ich: »Einundvierzigtausend.«

Unsichtbar: »Viel zu lang!«

Ich: »Zu lang?«

Unsichtbar: »Wir machen nur noch Bücher mit maximal fünfundzwanzigtausend Wörtern. Unsere Leser kaufen ausschließlich Bücher, die sie hinten in ihre Hosentaschen stecken können.«

Ich sah sie direkt vor mir, die kettentragenden, vollbärtigen, tätowierten Hip-Hopper mit ihren in den Kniekehlen hängenden, von *Unsichtbar*-Büchern ausgebeulten Jeanstaschen.

»Also kürzen!«, sprach der *Unsichtbar*-Chef in Befehlsform.

Mir kam sogleich *Milos Formans* Film *Amadeus* in den Sinn und zwar die Szene, in der *Mozart* dem österreichischen Kaiser seine Kompositionen vorgespielt hatte und dieser, aufgestachelt vom intriganten Wiener Hofkomponist *Antonio Salieri*, in Richtung *Mozart* verkündete: »Zu viele Noten!«, um dem sowohl rat- als auch sprachlosen *Mozart* in ergänzender Ausführung zu erklären: »Lasse er einfach ein paar Noten weg und alles wird gut.«

Dirk Bernemann versuchte indes zu vermitteln, indem er vorschlug, dass ich den Roman doch erst einmal an den *Unsichtbar-Verlag* schicken solle und dann könne der Herr Verleger bei Gefallen immer noch darüber nachsinnen, wie man das Problem der Romanlänge gegebenenfalls in den Griff bekommen könnte. Daraufhin reichte mir der Verleger wortlos und noch immer unfreundlich dreinblickend sein Visitenkärtchen mit Verlagsanschrift. Ich schaute leicht irritiert, ging dann meiner Wege und schickte niemals auch nur eine Seite an den *Unsichtbar-Verlag*.

Mysteriös 4
Musik: *Deine Lakaien – Nightmare*

Ich war etwa fünf Jahre alt und besaß noch das vollkommene Vertrauen in die Wahrhaftigkeit aller Dinge. Niemals hätte ich für möglich gehalten, dass gerade im Sonnenmonat Mai etwas Schreckliches passieren könnte. Entsprechend groß fiel mein Entsetzen aus, als sich an einem Tag im Mai während eines Spaziergangs mit meinem Großvater ohne jede Vorwarnung die Pforten der Hölle vor mir auftaten.

Großvater und ich spazierten diesen Gehweg entlang. Meine linke Hand lag sicher und wohlbehütet in der Hand meines Opas, während meine Rechte einen kunstvoll verzierten, hölzernen Spazierstock hielt. Der Gehweg schlängelte sich am Rand eines Dorfes entlang, gesäumt von drei bis vierstöckigen Wohnhäusern, die Mai-Sonne lachte vom Himmel auf uns herab, und alle Dinge waren so, wie sie zu sein hatten. Dann war da mit einem Mal dieses Gitter, welches ebenerdig von einer gräulichen Häuserwand ausgehend ein Stück weit in den Gehweg mündete. Ein Gitter war nicht mehr und nicht weniger als ein Gitter, und ich war mit meinen fünf Jahren schon über das eine oder andere hinweggelaufen, ohne dass irgendetwas Besonderes geschehen wäre. So war ich ohne jeden Argwohn, als ich an diesem zwölften Mai um die Mittagszeit meinen rechten Fuß auf besagtes Gitter setzte, während der linke den Gehweg nahm. Kaum hatte ich jedoch das Gitter berührt, ertönten geradezu infernalische Laute von unterhalb des Gitters und ein dunkelbraunes Ungeheuer wuchtete seinen massiven Schädel nach oben, sodass sich das Gitter dermaßen hin und her bewegte, dass ich für einen Moment fürchtete, den Halt zu verlieren. Panik überkam mich, lähmte meine Beine, zementierte meine Füße an Ort und Stelle fest. Zugleich büßte meine Hand ihren Greifmechanismus ein, und der Spazierstock entglitt mir derart unglücklich, dass er an den Gitterstäben vorbei abwärts in Richtung Hölle fiel. Die teuflischen Knurrlaute der dunkelbraunen Bestie gingen über in Fresslaute, wie sie ein kräftiger Kiefer verursacht, der dabei ist, einen Spazierstock zu zerlegen. Ich hoffte inständig auf die Hilfe meines Großvaters, an dessen Bein ich mich geklammert hatte, hoffte, dass der Opa mich so rasch wie möglich aus der Gefahrenzone befreien würde. Doch dieser mir vertraute, stets freundliche Mensch erschien mir mit einem Mal wie verwandelt. Er dachte gar nicht daran, mich in seine schützenden Arme zu nehmen, um mit mir zügig den grausigen Ort zu verlassen. Sein Gesicht verlor von jetzt auf gleich alle Freundlichkeit, ja es verzerrte sich zu einer wütend dreinblickenden Grimasse. Und diese furchtbare Verwandlung des Gesichtsausdrucks war erst der Auftakt. Mit den Zornesfalten auf der Stirn wurde Großvater aktiv, das heißt, er tat einen Schritt aufs Gitter zu, hob eines seiner Beine an, um dasselbe mit Anschwung zurück Richtung Boden zu schicken, sodass sein Fuß provozierend kräftig und lautstark gegen das Gitter trat. Die Bestie ließ sich nicht lange bitten und antwortete der Herausforderung mit wütendem Geheul. Der erste Tritt meines Großvaters gegen das Gitter ließ zu meinem gesteigerten Entsetzen weitere Tritte folgen und wurde in der Lautstärke dennoch übertönt vom in unbändigem Zorn sich steigernden Knurren und Gebelle des dunkelbraunen Ungeheuers, welches seinen Schädel nun wieder und wieder gegen das Gitter wuchtete, bis dieses zu Schwanken begann wie ein Schiff, das in Seenot geraten war. Die Aktionen schwollen an zu einem unerbittlichen wie unheimlichen Kampfgetöse. All das verhieß nichts Gutes, kündete von einer sich anbahnenden Katastrophe. Und wäre nicht plötzlich ein Fenster unmittelbar über uns geöffnet worden, mit diesem geröteten, neugierig dreinblickenden Gesicht, das mitsamt Oberkörper weit über den Sims hinausragte, der Alptraum hätte mich wohl mit Haut und Haaren verschlungen. So aber, beim Anblick der älteren Frau, die gar nichts sagte, sondern nur schaute, anklagend schaute, lächelte Großvater wieder wie Großvater und zog mich, dem inzwischen kopfschüttelnden Frauenkopf freundlich zunickend, mit sich, als wenn nichts geschehen wäre. Ich war noch immer voller Panik und Entsetzen, wahrscheinlich kreidebleich im Gesicht, mit weichen Knien. Weit mehr noch als der Verlust meines Spazierstocks traf mich die Erkenntnis, dass ein vertrauter Mensch infolge einer winzigen Veränderung der Umgebung sich dermaßen verwandeln konnte wie Großvater. Überhaupt, dass solch ein wütendes Wesen in ihm steckte und in der Lage war, die völlige Kontrolle über sein Verhalten übernehmen zu können. Von diesem Tag an wusste ich, dass mir das Leben nur etwas vormachte mit seiner Harmlosigkeit, es war nur die äußere Hülle, die jederzeit reißen konnte, und dann trat hervor, was im Verborgenen lauerte, und übernahm die Kontrolle. Und man konnte von Glück sagen, wenn jedes Mal eine Frau aus dem Fenster schauen und sich einmischen würde ins Geschehen, auf dass die Monster zurückwichen in den Untergrund.

Moderne Zeiten 2
Musik: *Kraftwerk – Computerwelt*

Im September 2018 fing es an. Mein Internetanbieter nahm sich eine Art Auszeit, jedenfalls soweit es meinen Anschluss und den einiger Mitbewohner im Haus betraf. Permanente Störungen und gerne auch ein paar Tage kompletter Ausfall des Internet-Telefon- und TV-Betriebs. Die Störungen begannen jeweils am Donnerstagabend, Freitagnachmittag folgte der Totalausfall und hielt sich übers gesamte Wochenende. Diese Situation dauerte an bis Ende November, ehe sich die Störungen im Dezember noch häuften und im Januar 2019 mit einem siebenundzwanzig Tage andauernden Totalausfall ihren Höhepunkt erreichten. Meine Samstagvormittage verbrachte ich in diesen fünf Monaten, indem ich Telefongespräche mit dem Service des Internetanbieters führte. Zunächst hatte ich regelmäßig eine vorgeschaltete Sprachroboterfrau der Serviceabteilung in der Leitung, die ihr immer gleiches Programm abspulte: »Wenn Sie sich für unsere Produkte interessieren, drücken Sie bitte die Eins, wenn Sie Fragen zu Ihren Verträgen haben, drücken Sie bitte die Zwei, haben Sie ein anderes Anliegen, dann drücken Sie bitte die Vier.«

Ich tat, wie mir geheißen und hatte erneut die Sprachroboterfrau in der Leitung: »Bitte beschreiben Sie Ihr Anliegen.«

Ich war überrascht, dass ich dieses Mal keine Nummer drücken sollte, sondern zur Konversation aufgefordert wurde und stotterte: »Totalausfall von Internet, Telefon und Fernsehen.«

Die Sprachroboterfrau: »Ich verstehe Sie nicht.«

Ich, in doppelter Lautstärke: »Kein Internet, kein Telefon...«, noch ehe ich »kein Fernsehen« gebrüllt hatte, unterbrach mich die Roboterstimme mit den Worten: »Ich verstehe Sie nicht. Bitte

versuchen Sie es ein anderes Mal wieder. Danke für Ihren Anruf.«
Nach dem fünften Anlauf meisterte ich diese Hürde, das Zauberwort lautete einfach »Störung«. Ich war ins nächste Level vorgedrungen. Die Begrüßung fiel mickrig aus. Zwanzig weitere Minuten in der Warteschleife, wo ich mit irgendeinem dämlichen Jingle in Endlosschleife berieselt wurde. Dann aber durfte ich mit einem echten Menschen sprechen, der oder die jedoch, solidarisch mit der Sprachroboterfrau, teilnahmslos reagierte: »Postleitzahl, Name, Geburtsdatum, Kundennummer.«

Ich zählte die geforderten Daten auf. Kurze Pause. Nachdem meine Identität geklärt war, wurde überprüft, ob eine Störung in meinem Wohngebiet bekannt war. Längere Pause. Derselbe Werbejingle. Dann, aus dem Jingle-Dschungel heraus das Ergebnis: In meinem Wohngebiet sei keine Störung bekannt. Ich wäre ohnehin der einzige Anrufer aus der Gegend, der sich beklagen würde. Man könne sich die Störung nur so erklären, dass mein Problem unmittelbar an meinen Anschlüssen läge. Obwohl ich eine Stunde zuvor von einigen Mitbewohnern im Haus erfahren hatte, dass auch sie mal wieder in den Zwangs-Offline-Modus versetzt worden waren, log die Servicemitarbeiterin, dass sich die Balken bogen. Nach dem Motto Angriff ist die beste Verteidigung wurde ich zu einer Art böser Bube des Bezirks abgestempelt. Man gab mir das Gefühl, als sei ich entweder ein technischer Volltrottel oder aber ein gelangweilter Nerd, dessen Hobby es war, den Service jedes Mal aufs Neue beim Wochenend-Kaffeetrinken zu stören. Entnervt bis gequält versprach man dennoch, sich um mein Anliegen zu kümmern und Anfang der Woche einen Techniker vorbeizuschicken.

Im Laufe des Dienstags rückte eine beauftragte Technikfirma an, ließ sich von mir die Kellerräume aufschließen und widmete sich dem grauen, abschließbaren Technik-Kasten. Es wurde ein wenig an den Kabeln herumgefummelt, um dann eines der Geräte auszutauschen, ein Empfangsteil, einen Sender, einen Verteiler, was weiß ich. Jedenfalls waren alle Mieter im Haus nach dem Besuch des Technikers zurück im Internet! Die Freude währte nur kurz.

Am frühen Donnerstagabend folgten erneut die ersten kleineren Störungen, kurze Ausfälle von jeweils fünf bis zwanzig Minuten, und pünktlich zum Wochenende ging nichts mehr. Es stand also ein weiteres Offline-Weekend an. Ende November dachte sich mein neun Monate altes Notebook, da passe ich mich doch mal dem Internetanbieter an und fortan gab es auch von dieser Seite regelmäßig Störungen. Zunächst machte die Tastatur, was sie wollte. Mal funktionierte sie, dann wieder nicht. Ohne erkennbaren Grund streikten mit einem Mal drei oder vier Buchstaben und gern auch zwei Zahlen, wobei das Notebook für den Streik die Eins und die Sechs favorisierte. Letztere schien dem Notebook als Unruhestifter besonders geeignet zu sein, denn im Unterschied zur Eins, die zumindest hin und wieder funktionierte, stellte die Sechs ihre Funktion gänzlich ein. Ich konnte die Taste drücken wie ich wollte, die Seite der Textverarbeitung blieb weiß. Nun mag ich die sechs, wenn sie nicht sogar meine Lieblingszahl ist. Einige meiner Passwörter beinhalteten diese Zahl. Das sorgte für weiteres Chaos, hatte ich doch so Schwierigkeiten, in meine Mail-Accounts zu gelangen und die Sozial-Media-Apps zu starten. Da ich, dank der Unfähigkeit des Internetanbieters den reibungslosen Betrieb wiederherzustellen, im Höchstfall drei Tage in der Woche online sein konnte, verbrachte ich in der Folge einen Großteil dieser Zeit damit, das Chaos, welches durch die defekte Tastatur entstanden war, wieder in den Griff zu bekommen. Bei *Facebook* bestand nach wiederholt falscher Passworteingabe die letzte Chance, meinen

Account wieder nutzen zu dürfen, aus einem Ratespielchen. Man zeigte mir die Avatar-Bildchen von einigen meiner tausendvierhundert Freunde, und ich musste deren Namen erraten. Wenn man berücksichtigt, dass ich im Höchstfall gerade mal die Hälfte der Freunde in echt gesehen hatte, ließ sich erahnen, wieviel Glück ich bei diesem Spiel brauchte, um bestehen zu können. Ich war nervös wie bei der Führerscheinprüfung und schaffte es geradeso, durfte also erst einmal wieder mitmachen. Schwieriger erwies sich die Hürde bei *Microsoft*. Nachdem ich bei meinem Outlook-Mail-Account und dem Microsoft-Login dank der unberechenbaren Aussetzer der Tastatur dreimal das falsche Passwort eingegeben hatte, war ich für *Microsoft* nicht mehr ich selbst. Mein Account wurde bis auf Weiteres auf Eis gelegt, und ich wurde genötigt, eine knifflige Identitätsprüfung über mich ergehen zu lassen. Es galt zahlreiche Fragen aus meiner langjährigen *Microsoft*-Mitgliedschaft zu beantworten. Etwa: »Wie lautete Ihr erstes *Skype*-Passwort oder wann aktivierten Sie zum ersten Mal die *Dropbox*? Ich stellte mich dem Test, gab mir Mühe und fiel trotzdem durch. Man teilte mir mit, ich hätte meine Identität leider nicht hinreichend unter Beweis stellen können. War das nicht vollkommen verrückt? Ich war sozusagen betriebssystemobdachlos. Off the Road, ausgesperrt von meinem Mailserver und sämtlichen Apps. Was war nur los mit meinem Notebook? Ein Virus? Hielten mich die Hacker zum Narren? Steckte das Serviceteam vom Internetanbieter dahinter? Ich besuchte Foren, recherchierte, machte und tat und fand nichts heraus. Zwischendurch arbeitete die Tastatur für ein paar Tage wieder einwandfrei. Das geschah immer dann, wenn ich kurz davor war, den Rechner an die Wand zu klatschen oder zur Reparatur zu bringen. Das Notebook befand sich ja noch im ersten Jahr der Garantiezeit. Um einen hartnäckigen, von den Schutzprogrammen unsichtbaren Virus oder Softwarefehler ausschließen zu können, kaufte ich mir eine externe Tastatur. Die funktionierte einwandfrei. Also, alles gut? Wohl kaum. Ich hatte doch nicht vor zehn Monaten ein Notebook erstanden, um dann auf einer vorgelagerten externen Tastatur meinen Roman zu tippen. Ich aktivierte meinen schwächelnden, neun Jahre alten, längst ausrangierten Windows 7–Rechner und brachte das Acer-Gerät zur Reparatur. Drei Wochen später bekam ich das Notebook zurück. Laut Reparaturschein war die Tastatur ausgetauscht worden. Weitere vier Wochen später funktionierte die neue Tastatur noch immer, dafür fiel der Rechner nun komplett aus. Schwarzer Bildschirm, Absturz, nichts ging mehr. Zweite Reparatur. Das Mainboard wurde ausgetauscht. Vier Wochen später kehrte das *Acer*-Notebook mit jungfräulichem Mainboard zu mir zurück und blieb zehn Tage. In diesen zehn Tagen erhielt ich zwei Erpressermails, in denen der Absender jeweils knapp vierhundert Euro von mir forderte. Man gab mir netterweise zehn Tage Zeit zu bezahlen. Weigerte ich mich, würde an meine Mailkontakte ein Video versendet werden, welches von meiner gehackten Webcam mitgeschnitten worden war und mich zeigte, wie ich angeblich geifernd und mit erigiertem Penis Pornofilm schauend vor dem Bildschirm meines Notebooks gehockt hätte. Das wird ja immer irrer, dachte ich und löschte die Mails. Am elften Tag machte Mr. Acer Probleme beim Einschalten. Von zehn Versuchen reagierte der Rechner nur ein einziges Mal, fuhr hoch, um wenig später gleich wieder einen schwarzen Bildschirm zu präsentieren. Dritte Reparatur. Nach weiteren fünf Wochen Wartezeit kam das Ende mit Schrecken: Mr. Acer war seiner schweren, rätselhaften Krankheit erlegen. Ich bekam eine Gutschrift und löste dieselbe noch am gleichen Tag gegen ein *Asus*-Notebook ein. Eine Woche verging. Dann erst bemerkte ich, dass einer der drei USB-Ports defekt war. Von diesem Port wurde weder einer meiner Sticks erkannt noch die externe Festplatte noch der Drucker. Ich brachte Mr. Asus zurück und erhielt Mr. Asus Nummer Zwei.

Zehn Tage sind seitdem vergangen.

Alles ist gut.

Noch.

Fortsetzung folgt.

Hoffentlich nicht!

Das Schreiben und das Lesen 6
Musik: *Blind Delon – Rule III*

Bianca und Rafaela, die Musikerinnen und Sängerinnen der *Eerie Glam Girls*, waren in diesem Jahr meine Begleitband bei der WGT-Lesung in der Heilandskirche zu Leipzig. Das war schön! Ich musste nicht – wie die letzten Jahre – mit dem Zug fahren. Sie nahmen mich mit in ihrem Kastenwagen. War es überhaupt ein Kastenwagen? Ein Renault-Kastenwagen? Keine Ahnung. Ich weiß kaum etwas über Autos. Ein SUV war es jedenfalls nicht. Aber Bianca, Rafaela, einige Instrumente wie Hackbrett und Harfe sowie Deko-Artikel und CDs waren schon im Auto verstaut, als ich in Bochum einstieg mit Büchern und Reisegepäck und Reisegebäck (eigentlich nur einige Käsebrote, aber klingt so gut: »Gepäck und Gebäck«, ich sollte mal eine Story dazu schreiben). Ich fand hinten auf der Rückbank Platz zwischen all den Dingen, die mich hoffentlich nicht kratzen oder stoßen oder sonst wie ärgern würden. Hinlegen konnte ich mich natürlich nicht. Aber ich wollte mich auch gar nicht hinlegen. Es ging los. Bianca saß am Steuer und nach einer Weile, vielleicht hundert Kilometern Fahrt etwa, verzehrte ich mein erstes Käsebrot. Es schmeckte. Ich bot den beiden auch eines an, hatte ich doch vorausschauend gleich vier davon zubereitet, aber Bianca und Rafaela wollten meine Käsebrote nicht. Vielleicht dachten sie, ich hätte mir die Hände nicht gewaschen daheim vor dem Broteschmieren, aber das war falsch, ich hatte sie gewaschen, sogar mit Seife. Das sagte ich ihnen aber nicht, denn es konnte ja sein, dass sie die Brote aus anderen Gründen ablehnten. Dann fingen sie an zu singen. Zum Playback aus dem CD-Player sangen die beiden im Sitzen ihre Songs vor sich hin, die sie später beim Auftritt im Stehen spielen und singen wollten. Hoffentlich würde das gutgehen, denn im Sitzen singt es sich anders als im Stehen. Ich hätte meine Texte auch schnell mal einlesen können, aber die waren schon eingelesen, bis auf die neuen. Davon hatte ich auch welche dabei, würde aber höchstens einen davon lesen, weil das Buch dazu erst Ende November erscheinen wird. Meine Erfahrung mit Storys, die noch nicht veröffentlicht sind: Man sollte sie lieber nicht lesen. Es gibt nur Ärger. Kommen sie gut an beim Publikum, verlangen die Leute nach der Lesung nur nach dem einen Buch, in dem sich diese Storys befinden. Aus Enttäuschung, dass es noch nicht erschienen ist, kaufen sie am Ende auch kein anderes Buch. Kommen die Geschichten nicht gut an, denken die Leute, das neue Buch von dem brauchen wir auf jeden Fall nicht zu kaufen. Man kann also nur verlieren. Und wer verliert schon gern. Außer Zeit, die verliere ich gern auf der Autobahn, dann dauert es nicht so lange. Manchmal verlor ich schon Zeit beim Autofahren, dann dachte ich, das ging jetzt aber schnell die letzten achtzig Kilometer flogen geradezu vorbei. Während der Fahrt nach Leipzig hatte ich dieses Gefühl nicht. Ich bekam alles mit, jeden Kilometer. Obwohl Bianca zügig fuhr, allerdings auch nicht zu schnell. Ich sah aus dem Fenster, zum Himmel hinauf. Der Himmel war blau, allerdings mit Wolken, großflächigen Wolken, weißgraubraunen Wolken, die mich an Pfannkuchen erinnerten. Ich mag Pfannkuchen, Blaubeerpfann-kuchen, obwohl man sich beim Essen blaue Zähne holt. Es gibt Schlimmeres. Etwa ins Gelblichbraune tendierende Zähne. Nach zweihundertfünfzig Kilometern Fahrt verzehrte ich mein zwei-tes Käsebrot und bot Bianca und Rafaela Nimm2-Bonbons an. Wahlweise Zitrone oder Orange. Sie lehnten auch das ab, obwohl die Bonbons in Folie eingewickelt waren. Vielleicht sind die bei-den *Friday-For-Future*-Anhängerinnen oder *Ende-Gelände*-Fans und nehmen aus Umweltbewusstsein keine Bonbons an, die in Folie eingewickelt sind, dachte ich. Ehe wir Leipzig erreichten, aß ich trotzdem noch zwei *Nimm 2*-Bonbons. Die geleerten Folien schob ich zurück in die Tüte, ich würde sie später fachgerecht in einem Müllbehälter entsorgen und hoffte, dass sie nicht doch noch auf Umwegen von einem Tintenfisch gefressen würden, der dann davon Bauchschmerzen kriegte. Oder Tentakelschmerzen. Das war jetzt gar nicht lustig gemeint. Schon Hermann Hesse sagte im Hinblick auf die Rücksichtslosigkeit des Menschen: »Das Schrecklichste in der Natur ist der Normalmensch.« Und damit meinte er sicherlich auch den Bonbonesser, der die Folie einfach gedankenlos auf die Straße wirft, wo sie dann vom Wind, sie ist so leicht, die Folie, Gott weiß wohin getragen wird und großen Schaden anrichtet. Die Meere sind schließlich voller Plastik! Leipzig liegt nicht am Meer. Schade eigentlich, ich liebe das Meer. Aber man kann nicht alles haben.

Im *Penta*-Hotel gab es Bändchen für die Künstler, damit diese sich auch andere Festivalkünstler ansehen konnten, ohne dafür bezahlen zu müssen. Alles wie in jedem Jahr. Same Place, same Room, sogar der Typ, der die Liste mit den Bändchenkriegern (das ist falsch – klingt aber gut, darum lasse ich es stehen) nach unseren Namen durchging, war noch vom letzten Jahr da. Vielleicht lebte er im Hotel? Oder ein Wiedergänger? Egal. Wir bekamen unsere Festival-Bändchen und machten uns auf zum eigentlichen Hotel. Eigentlich, weil wir dort das tun würden, wozu Hotels nun mal da sind. Das eigentliche Hotel hieß *Victor's Residenz-Hotel,* hatte vier Sterne und befand sich ganz in der Nähe vom *Penta*-Hotel. Als erste Besonderheit bot das *Victor's* eine Absturz-Tiefgarage mit Sprachkontakt, das heißt, zunächst wurde die Einfahrt von einem soliden Gitter versperrt, das sich nur öffnete, wenn man auf die extra leise Stimme richtig reagierte, die aus einem grauen Kästchen kam, welches sich linker Hand der Einfahrt befand. Dazu brauchte es aber Hundeohren, die wir alle drei nicht haben. So verstanden wir kein Wort von dem, was die Stimme sagte und Rafaela musste aussteigen und sich direkt vor das graue Kästchen stellen. Gut, dass die Stimme alles nochmal wiederholte. So konnten wir letztlich, nachdem Rafaela der Botschaft der Stimme entsprechend das rote Knöpfchen am grauen Kästchen gedrückt hatte, endlich die Einfahrt passieren. Aber hui, kaum dass die Vorderreifen den Einlass passiert hatten, ging es sofort Achterbahn-mäßig in die Tiefe, und noch nicht vom Schrecken erholt, folgte auch gleich eine scharfe Linkskurve, welche beinahe unmittelbar in die maximal fünfzehn Fahrzeuge fassende Parkebene mündete. Ich dachte in diesem Moment schon, dass das beim Hinausfahren Probleme geben könnte, und so war es später dann auch. Zunächst jedoch parkte Bianca das Fahrzeug und wir trugen unser Gepäck in die Zimmer und gingen in der Nähe des Hotels in einem kleinen italienischen Speiselokal essen. Uns gegenüber und doch beinahe mit am Tisch, weil der Gang zwischen den Tischen so schmal ausfiel, dass auch nur ein besonders schlanker Kellner bedienen konnte, hockte ein älteres Ehepaar, jedenfalls Mann und Frau. Der Mann, Bürstenhaarschnitt, rote Backen, weiße Socken und Sandaletten, erkundigte sich nach dem Grund unserer schwarzen Bekleidung und darüber hinaus interessierte ihn, warum auch außerhalb des Speiselokals, quasi in ganz Leipzig, so viele Menschen schwarz trugen. Ich ärgerte mich ein wenig über diese plumpe Vertraulichkeit. Was geht wohl in dem vor, dachte ich, glaubt er etwa, dass ein König gestorben ist, oder was? Dass der Mann sich überhaupt traute, uns anzusprechen. Sahen wir vielleicht zu harmlos aus? Das wäre nicht gut. Und es lag auch keinesfalls in unserer Absicht. Rafaela gab ihm schließlich eine kurze Info zum *WGT*.

»Aha, ein besonderes Musikfestival«, echote er in Richtung seiner Frau, die gar nichts dazu sagte. Anstatt nun Ruhe zu geben, verlangte er nach Bandnamen. Es war vollkommen gleichgültig, was wir antworten würden, es interessierte ihn nicht wirklich, er wollte sich nur wichtig tun vor seiner Begleitung. Also sagten wir, dass *Motörhead*, *John Lennon* und *Charles Baudelaire* auf dem Festival Konzerte und Lesungen veranstalten würden, und er antwortete, dass er diese Namen schon einmal irgendwo gehört hätte, aber er käme nicht darauf, wo das gewesen wäre.

Zwei Stunden später waren wir bereit für unseren Auftritt in der Lutherkirche. Im Parkhaus wartete das Hinausfahr-graue-Kästchen auf uns. Es befand sich unmittelbar vor der Steilwand nach oben. Die Stimme aus dem Kästchen klang noch leiser. Wir beachteten sie nicht, drückten einfach auf das rote Knöpfchen, und Bianca steuerte ihr Fahrzeug guten Mutes die Steilwand hinauf. Oben angekommen, stellten wir fest: Das Gitter bewegte sich nicht. Der Kastenwagen stand beinahe senkrecht vor dem Gitter. Alle Bremsen waren getreten und gezogen. Ich stieg aus, bewegte mich vorsichtig die Steilwand hinunter zum Kästchen, lauschte den Worten der Stimme, die einen komplett anderen Vers aufsagte als bei der Einfahrt. Sie fragte mich nämlich, welches Fahrzeug hinausfahren wollte. Ich nannte das Fahrzeugkennzeichen, aber das wollte die Stimme gar nicht wissen. Sie verlangte nach der Parkplatznummer. Gut, dass ich mir auch die gemerkt hatte. So sagte ich schließlich: »Die Acht möchte das Parkhaus verlassen.«

Es dauerte etwa dreißig Sekunden, ehe die Stimme ihr Okay gab.

Raffinierte Sache, dachte ich, da wurde wohl erst ganz fix kontrolliert, ob noch eine Rechnung offen war. Das Gitter hob sich. Ich stieg die Steilwand empor und teilte den *Eerie Glam Girls* atemlos (es ist das erste Mal seit Jahren, dass ich mich traue, dieses Wort wieder zu benutzen, (#*Helene Fischer*) mit, dass ich hinter der Einfahrt, die zugleich die Ausfahrt war, warten würde. Bianca löste alle Bremsen, und keine Ahnung, ob sie genug Gas gab. Jedenfalls fuhr der Wagen keinen Deut vorwärts Richtung nach draußen, sondern, oh Schreck, der Kastenwagen mit den *Eerie Glam Girls* fiel die Steilwand hinunter. Es ist aus, dachte ich. Doch Millimeter vor der Linkskurve gewann Bianca die Kontrolle über den Kastenwagen zurück und brachte das Fahrzeug zum Stillstand. Ich atmete auf, erwartete nun recht zügig den Kastenwagen neben mir zu sehen, auf dass ich zusteigen und wir drei losfahren konnten, aber weit gefehlt, Bianca ließ ihr Fahrzeug weiter in Richtung Parkebene rollen. Ich bewegte mich schnellen Schrittes die Steilwand hinunter und rief besorgt in Richtung der beiden *Glam Girls*: »Was ist passiert? Funktioniert der Vorwärtsgang nicht mehr?«

Bianca hatte das Fenster heruntergekurbelt, sodass sie meine Frage verstehen konnte: »Nein, schon gut«, antwortete sie, »ich nehme nur von hier unten neu Anlauf.« Hoffentlich bleibt das Gitter solange oben, dachte ich und stieg erneut nach oben. Und, oh gütiges Schicksal, auch die *Glam Girls* schafften es mit neuem Schwung und ordentlich Anlauf aus dem Parkhaus hinauszukommen. Puh!

Für einen Augenblick hatte ich schon befürchtet, ich würde am Abend ohne meine Begleitband auf die Bühne müssen.

Da würden wir wohl alle drei später in der Leipziger Heilandskirche eine Kerze anzünden müssen ...

Moderne Zeiten 3

Musik: *Napoleon XIV – They Are Comin' To Take Me Away*

Ich hatte es vor Augen. Einer muss den Anfang und ein anderer das Ende machen, so ist es immer schon gewesen. Die Frage ist, liegt der Anfang stets vor dem Ende? Das uralte Rätsel: die Henne oder das Ei? Ich glaube jedenfalls fest daran, dass schon lange vor *Greta Thunbergs* Aktivitäten ganz im Geheimen die *Mondays-for-no-Future*-Gruppe gegründet worden war. Die ersten Pamphlete fanden bereits in den späten achtziger Jahren Verbreitung, potenzielle Mitglieder wurden angeworben und entsprechende Weichen gestellt. Eine illustre Namensliste aus Staatsmännern und -frauen, Bankern, Medien-Gurus, die ganze Truppe von *BlackRoc*k, namhafte Personen der Wirtschafts- und Fußballelite und auch eine Handvoll Wurstfabrikanten. Ein erhaben heroisches Gefühl breitete sich aus in den Chefetagen: Uns gehört sie, diese Welt. Hinzu kamen die Gedanken an das, was an Erfahrung aus Kindertagen verinnerlicht geblieben war: Wem was gehört, der kann es auch nach Belieben zerstören. Vor einiger Zeit sah ich das Bild vor mir, wie verkleidete *Friedrich-Merz*-Gestalten die *Friday*-Kids von Hubschraubern aus mit *Panama-Papers* bewarfen. Während ich über diese Dinge nachdachte, erklang mit einem Mal lautstark Musik durch die geöffnete Balkontür. Es hörte sich beinahe so an, als hätte der *Fernsehgarten* mit der nun gänzlich zur Comicfigur mutierten *Andrea Kiewel* auf der Rasenfläche vor meinem Balkon Quartier bezogen, um mir mit den dämlichsten Schlagern der Wirtschaftswunder-Ära den Marsch zu blasen. Ohne an eine mögliche Gefahr, einen Anschlag oder ähnliches zu denken, trat ich auf den Balkon hinaus und sah ihn. Dort stand er zwischen spärlichem Wiesengrün und sang: *Bert* verkleidet als *Philipp Amthor*.

»Immer wieder sonntags, kommt die Erinnerung«, lautstark schmetterte er den Demenz-Klassiker zu einem Playback aus dem Ghettoblaster, der sich ein paar Meter links von ihm befand. Er wurde dabei von zwei stämmigen *Cindys* im Dirndl-Outfit begleitet, die schunkelnde Tanzbewegungen vollführten und den Refrain mitträllerten. Bert-Philipp trug einen dunkelblauen Anzug und eine ebensolche Krawatte zum weißen Hemd, dazu braune Slipper. Vier Schritte entfernt stand eine Kamerafrau und filmte. Vielleicht ziehen Bert-Philipp und seine Crew das Ganze hier vor meinem Balkon ab, um später mit den Aufnahmen auf ungewöhnliche Weise Mitgliedschaft bei den *Mondays-for-No-Future* zu beantragen, dachte ich. Wie dem auch war, die Kamerafrau gab neue Anweisungen, die Aufnahme wurde auf Anfang zurückgefahren, der Song begann von vorn. Bert-Philipp war die Krawatte entfernt worden, und beim weißen Hemd wurden die oberen drei Knöpfe geöffnet. Das Lied war noch nicht beim ersten Refrain angekommen, da ertönte Applaus von einem der Balkone über mir: »Ist das fürs Fernsehen?«, wurde gefragt. Die Kamerafrau fasste sich stöhnend an den Kopf und rief: »Aus!« Bert-Philipp brach den Gesang ab. Ein paar Sekunden verzögert beendeten die Dirndl-Frauen ihren Tanz. Eine der beiden drückte die Stopptaste am Ghettoblaster.

»Für YouTube!«, rief Bert-Philipp, während er mit den Händen ein Herz formte und das Gesicht in die Höhe reckte. Ich dachte, auch wenn das Ganze einen originellen Touch besitzen würde, für ein Antwortvideo auf die *Rezo*-Attacke käme es wohl deutlich zu spät. Die Schlagerfans vom Balkon über mir baten die Kamerafrau, ihnen den Link zum Video zuzuschicken. Die Frau nickte, erkundigte sich aber nicht nach einer E-Mail-Adresse. Dann begann das Lied von vorn. Ich verließ meinen Balkon und schloss die Tür hinter mir. Es gab Wichtigeres zu tun!

Mysteriös 5

Musik: Modern Eon – *Watching The Dancers*

Es gibt so viele Dinge, die man auf gar keinen Fall tun sollte. Wenn einem das von vornherein mal so klar wäre. Manches weiß man, vieles nicht. Es war September. 1983. Samstagnacht. Ich befand mich im *Memphis* in Dortmund. Ein angesagter Dark-Wave-Laden. Fast schon eine Großraumdiskothek, aber kompromisslos dark. Der DJ legte ganz gut auf. Ich tanzte trotzdem nicht. Je länger ich selbst als DJ arbeitete, desto seltener packte mich die totale Tanzlust. Und die musste mich schon packen, mit ein wenig Lust oder nur halber Lust bekam man mich nicht mehr auf die Tanzfläche. Und die totale Lust hatte sich noch nicht eingestellt, obwohl die Tanzfläche im *Memphis* etwas ganz Besonderes war. Sie ließ sich vom DJ-Platz aus per Knopfdruck nach Belieben vergrößern oder auch verkleinern. Ich stand nahe der Theke mit Blick auf die Tänzer und Tänzerinnen, wippte so ein bisschen mit zum Sound eines *Modern-Eon*-Songs und dachte darüber nach, warum mich die Tanzfläche an den Untergang der Titanic denken ließ und damit verbunden die Frage aufbrachte, ob der DJ die Tanzfläche auch schon einmal verkleinert hatte, wenn sie gut gefüllt war, allein um zu sehen, was geschehen würde, ob ein Tänzer oder mehrere die Treppenstufen herunterfielen oder die Veränderung rechtzeitig bemerkten und sich im Tanzschritt nach hinten drängelten. Belustigt und gut gelaunt wippte ich also ein wenig und schlenkerte auch die Arme mit den Händen daran. Ich weiß nicht, ob es die Bosheit hinter den Gedanken war, in deren Verlauf ich die Tänzer und Tänzerinnen von der Tanzfläche fallen sah, und Ausrufe vernahm á la: »Maschine stoppen, Tänzerin über Bord!« Jedenfalls hatte ich beim übermütigen Schlenkern der Arme nicht bedacht, dass sich am Zeigefinger meiner rechten Hand ein Schlüsselring befand, der sowohl meinen Wohnungsschlüssel als auch den Autoschlüssel beherbergte. Und dieser an und für sich recht robuste und zuverlässige Ring stellte mit einem Mal seine Funktion ein, öffnete sich also aus unerfindlichen Gründen und entließ die beiden Schlüssel im Schwung meiner Arm- und Handbewegung in die Freiheit der Großraumdiskothek Richtung ausfahrbarer Tanzfläche. Ein echter Schocker. Der Rest vom Abend und die folgende Nacht nahmen nun einen komplett anderen Verlauf, als ich das eingeplant hatte. Nachdem der erste Schock mit ungläubigem Staunen auf den schlüssellosen Ring verbracht worden war, begann ich den Boden vor mir abzusuchen. Die ungefähre Richtung, in die sich die beiden Schlüssel aufgemacht hatten, war mir noch gut in Erinnerung, und so tat ich drei Schritte in Richtung Tanzfläche, ging in die Knie und tastete die Umgebung ab, indem ich mich im sogenannten Entengang Stück für Stück vorwärts schob. Ich zupfte an Hosenbeinen und klopfte gegen Füße, die in High Heels steckten, auf dass die jeweiligen Besitzer derselben ein wenig zur Seite rückten. Es war ein mühseliges wie undankbares Unterfangen. Ich wurde getreten, verflucht, von oben herab mit grimmigen Blicken bedacht und avancierte in Windeseile zum unbeliebtesten Gast des Abends. »Achtung, ein Fußgrapscher!«, quietschte eine hagere weibliche Person mit langgezogenem Gesicht. Vielleicht kam mir das Gesicht auch nur derart lang vor, da ich sie aus der Entengangposition anstarrte. Es hätte nichts genützt, hätte ich den Versuch unternommen, ihr den Grund meines Aufenthalts und meiner Tätigkeit hier unten zu erklären. Die Worte wären gar nicht bei ihr oben angekommen. Zu lautstark hämmerte der Beat eines *Front-242*-Songs aus der Anlage. Du darfst nicht aufgeben, sagte ich mir und machte weiter. Ich suchte, ich spähte, ich forstete durch. Von den Schlüsseln keine Spur. Dann kamen mir vier Füße bekannt vor. Diese beiden Paar Schuhe, dachte ich, hast du kürzlich erst gesehen. Ich wunderte mich, dass ich so dachte, denn für gewöhnlich merke ich mir Schuhe nicht. Es konnte demnach nur sein, dass ich auch die Besitzer kannte. Hilfe käme dir im Augenblick sehr gelegen, dachte ich und richtete meinen Blick in die Höhe. Eine Frau, ein Mann, beide schwarz gekleidet, Frisuren im New-Wave-Style. Nichts Ungewöhnliches fürs *Memphis*. Ich richtete mich auf und stand dann neben den beiden. Wir sahen uns an. Ich hatte mich geirrt. Ich kannte sie nicht. Sie kannten mich nicht. Also wieder abtauchen, dachte ich, weitersuchen. Aber wie blöd war das denn? Die beiden schauten mich schon recht verwundert an, weil ich von dort unten hochgekommen, quasi aus der Tiefe des Raums, und ohne erkennbaren Grund unmittelbar neben ihnen aufgetaucht war.

»Meine Schlüssel sind weg!«, rief ich, brüllte ich gegen den Sound von *TV treated* der belgischen Band *Neon Judgement* an und reckte zum Beweis den defekten Schlüsselring in die Höhe. Sie starrten mich noch immer ungläubig an und auch ein wenig verängstigt an, als wäre ich ein entlassener Strafgefangener, der sich aus der Gefängniszelle einen Tunnel in die Freiheit gegraben hatte und versehentlich hier im *Memphis* hochgekommen war. Ich dachte, nun kommt es auch nicht mehr darauf an und tauchte wieder ab. Ich arbeitete mich im Entengang bis zur Tanzfläche vor, ohne auch nur einen der beiden Schlüssel zu finden, tauchte erneut auf, verzweifelt, gleichsam unfähig einen klaren Gedanken zu fassen, einen Plan zu entwickeln, wie ich nun weiter vorgehen sollte. Ich begab mich zur Theke und bestellte mir etwas zu trinken. Pernod-Cola. – »Frag doch den DJ«, kam mir wenig später in den Sinn. Gleichzeitig dachte ich, dass es ein Ding der

Unmöglichkeit wäre, dem DJ klarzumachen, was mir widerfahren war und um was ich ihn bitten wollte. Und überhaupt, was sollte er tun? Die Feierabendbeleuchtung einschalten und alle Anwesenden vor der Tanzfläche bitten, dass sich diese gemeinsam mit mir auf Schlüsselsuche begeben sollten? Er konnte kaum verlangen, dass die Gothics in ihren stylischen Kleidungsstücken auf dem Boden herumrutschten, weil ich aus purem Leichtsinn oder sogar grober Fahrlässigkeit vor einer gefühlten Ewigkeit meine Schlüssel in die Diskothek geschleudert hatte. Was, wenn sie nun unter der Tanzfläche lagen? Der *Modern-Eon*-Song lag schon eine ganze Weile zurück und die Tanzfläche war zu diesem Zeitpunkt deutlich leerer und somit nicht in ihrer gesamten Länge ausgefahren, so wie sie es im Augenblick war. Also konnten meine Schlüssel auch unter der Tanzfläche liegen. Ha, da könnte ich lange suchen. Ich würde wohl bis Feierabend bleiben und dann den DJ bitten müssen, die Tanzfläche zurückzufahren. Nach einem Blick auf meine Uhr war mir klar, dass es bis dahin noch zwei Stunden dauern könnte. Ich konnte mich nicht erinnern, das Ende einer Disco-Nacht dermaßen herbeigesehnt zu haben. Die Songs rauschten an mir vorbei, und ich sah alle paar Minuten auf meine Uhr. Um kurz nach vier machte der DJ eine Durchsage: An der großen Theke war ein Schlüssel abgegeben worden. Ich hastete zur Theke. Es war mein Autoschlüssel. Riesenerleichterung! Aber es fehlte noch der Wohnungsschlüssel. Die Frau hinter der Theke wusste natürlich nicht, wo der Schlüssel gefunden worden war. Zum Glück stand der Typ, der ihn vor einer guten halben Stunde bei ihr abgegeben hatte, noch in der Nähe der Theke und die Frau deutete auf ihn. Ich sprach ihn an. Der Typ hielt sich krampfhaft an einem Hocker fest. Die falsche Droge, zu viel Alkohol. Irgendwas stimmte nicht mit ihm. Er bekam nicht wirklich mit, was ich von ihm wollte, hatte wohl längst vergessen, dass er einen Schlüssel gefunden und an der Theke abgegeben hatte. Als ihn dann doch noch ein lichter Moment streifte, brabbelte er etwas von einem Finderlohn, der ihm zustehen würde. Ich ließ ihn einfach stehen und begab mich noch einmal zur Tanzfläche, die – wie mir schien – inzwischen verkleinert worden war. Es war auch deutlich leerer in der Diskothek, sodass es mir weit weniger Mühe bereitete, den Boden längs der Tanzfläche abzusuchen. Ich entdeckte ein Zwei-Mark-Stück und drei Zehn-Pfennig-Münzen. Meinen Wohnungsschlüssel sah ich nicht. Er lag weder vor noch auf der Tanzfläche, soweit ich das bei dem spärlichen Lichtgeflacker ausmachen konnte. Kurz nach fünf war Feierabend. Der Laden erstrahlte in hellem Neonlicht. So sehr ich meine Augen anstrengte, meine Situation änderte sich nicht. Der Wohnungsschlüssel blieb unauffindbar. Auf der Rückfahrt drehte sich das Gedankenkarussell: Warten, bis einer der beiden Mitbewohner meiner Wohngemeinschaft aufgestanden war, gleich am Montag den Schlüssel nachmachen lassen und so weiter. Beruhigend immerhin, dass der Schlüssel keinerlei Hinweis enthielt, zu welcher Wohnung er gehörte, sodass die Gefahr eines Einbruchs nicht bestand. Ich griff in die Jackentasche, suchte nach der Zigarettenschachtel und ertastete dabei den verloren geglaubten Wohnungsschlüssel.

Von Sinnen 5
Musik: *Lebanon Hanover – Broken Characters*

Frau Gisela trug Fragen im Gesicht spazieren, auf die es keine Antworten gab. Wir hatten uns bisher nicht ein einziges Mal mit ihr unterhalten, hätten also gar nicht gewusst, wie sie hieß, wurden dann aber Zeugen, wie jemand aus der Nachbarschaft sie bei diesem Namen rief und dann noch hinterher schob: »Die Post ist da!« Das klang nach dem Titel eines 70er-Jahre-Erotikfilms. Aber Frau Gisela war nicht beim Film. Und mit Erotik hatte sie augenscheinlich auch nichts zu schaffen. Sie wohnte seit knapp einem Jahr in der Gegend, war in dieser Zeit Lisas Nachbarin zur Rechten, drei Häuser weiter. Sie lebte nicht allein, kam meistens in Begleitung einer Hündin. Mittelgroß, kuhfarben-gefleckt, mit zweifelhaftem Gesichtsausdruck. Die Hündin, die auf den Namen Jessica hörte und doch nicht hörte, ging auf alles los, was einen Schwanz trug und sich auf vier Pfoten fortbewegte. So auch auf Hund Zwei. Das ließ sich zunächst nicht weiter gefährlich an, da Jessica stets angeleint war und auch größen- und kräftemäßig nicht an Hund Zwei heranreichen konnte. Zudem wirkte Jessica leicht übergewichtig. Die wird keine Wildgans aus der Luft holen, dachte ich. Und doch nervte das schrille Gekläff. Frau Gisela bändigte Jessica, so schlecht sie es konnte, und rief jedes Mal aufs Neue mit Blick in Richtung Hund Zwei: »Ist der gefährlich?«

Lisa entgegnete: »Hund Zwei ist eine Sie.«

Frau Gisela: »Beißt der?«

In dieses sinnentleerte Kurzgespräch wurden Lisa und ich verwickelt, wann immer wir mit Hund Zwei der Nachbarin und ihrer Kuhfleckenhündin begegneten. Also beinahe täglich. Beim hundertsten Aufeinandertreffen dachte ich, dass es nun an der Zeit wäre, für eine Veränderung im Gesprächsverlauf zu sorgen. Also fragte ich Frau Gisela, warum sich ihre Jessica derart aggressiv gebärden würde. Die Frau deutete auf ihre Kuhfleckenhündin und sagte: »Der ist von so einem gebissen worden.« Bei den Worten »so einem« vollführte sie mit dem Zeigefinger einen Richtungswechsel und deutete auf Hund Zwei. *Gebissen worden* zählt zu den Standardausreden von Hundehaltern zur Rechtfertigung des aggressiven Gebarens ihrer Hunde. Da war ich doch ein wenig enttäuscht von Frau Gisela. Wie langweilig, dachte ich. Als wir schon weitergehen wollten, sagte Frau Gisela: »In Auge.«

Auf unsere fragenden Gesichter sagte sie: »Der hat dem in Auge gebissen.« Nun fand ich doch ein wenig Gefallen am Gesprächsverlauf und erwiderte: »In Auge gebissen, der, dem, gibt's doch gar nicht. In welches Auge denn?«

»In dem Auge«, sagte die Frau und deutete auf ihr linkes.

»Rechts also«, sagte ich und die Frau nickte.

»Ja dann«, sagte ich, »kann man nichts machen.«

»Deswegen«, sagte die Frau.

»Schon klar«, sagte ich, »deswegen also.«

Seitdem nannten wir Frau Gisela »In Auge«. Und dann eines Tages waren In Auge und ihre kuhfarbengefleckte Jessica fort. Umgezogen. Wir vermissten sie – beide.

Ein halbes Jahr tat sich nichts. Vor einer Woche dann traf ich bei einem Gang mit Hund Zwei eine Nachfolgerin. Diese Frau war komplett neu in der Gegend, wohl eine Art Ablöse für *In Auge*. Sie watschelte ein wenig, war mit einem Schäferhund-Mix namens Benno unterwegs und geriet beim Anblick von Hund Zwei sofort in Panik. Von ihrem Benno war nichts zu sehen. Er trieb sich im Gebüsch herum. Sie rief nach ihm. Leicht panisch wie gesagt. Es raschelte in einiger Entfernung. Ich nahm Hund Zwei vorsichtshalber an die Leine. Keine Minute zu früh. Da rief die

Frau auch schon: »Achtung, Benno mag den nicht!« Ihr Zeigefinger deutete auf Hund Zwei. Ich entgegnete: »Kann nicht sein,
Hund Zwei und ihr Benno sind sich noch nie begegnet.«

Die Frau: »Der mag aber dem seine Rasse nicht.«

Ich dachte, die Frau weiß doch gar nicht, wovon sie redet und so
behauptete ich: »Hund Zwei ist ein Mischling.«

Und daraufhin die Frau: »Das mag Benno gar nicht.«

Ich sagte: »Ist wohl ein Rassist, ihr Benno!«

Und die Frau sagte: »Ja, ein Rassist«, und dann lachte sie, als
wäre es eine lustige Angelegenheit, mit einem Rassisten im Park
unterwegs zu sein. Um dem Rassisten aus dem Weg zu gehen, riskierte ich, nach einem halben Jahr Abstinenz, mit Hund Zwei
mal wieder zum Teich zu fahren. Inzwischen waren seitlich vom
Teich große Wiesenflächen entstanden. Es war alles gut soweit.
Keine auffälligen Wasservögel, keine Cord-Hut-Träger, überhaupt kaum Menschen, nur Natur, die nicht laufen oder fliegen
konnte. Und so ließ ich Hund Zwei von der Leine. Ich saß dann
kurz auch mal auf einer der Parkbänke und schaute in die Wolken. Vielleicht zwei Minuten, höchstens dreißig. Ich war wohl
eingenickt und hatte einen saublöden Traum, in welchem mir
über Nacht alle Haare ausgefallen waren. Ich strich mir mit der
Hand übers Haar und spürte Erleichterung. Es dauerte jedoch
noch einen Moment, bis ich die Orientierung soweit zurücker-
langt hatte, dass ich nicht mehr am Wahrheitsgehalt der Situation zweifelte, die sich mir bot: Es waren nur noch Schafe um mich
herum. Grasende, blökende Schafe. Soweit das Auge blicken
konnte, Schafe und mitten unter ihnen befand sich Hund Zwei,
der auch gern mal Grashalme fraß. Aber doch nicht so, dachte
ich, allein unter Schafen. Es sah seltsam aus, aber auch wieder lustig. Und dann noch der Schäfer. Dieser alberne Trachten-Look!
Egal. Eine Brille trug der Schäfer jedenfalls nicht. Schäfer haben

gute Augen. Und können rasch bis hundert zählen oder zweihundert. Mindestens so weit eben wie ihre Herde Tiere hat. Ich
konnte das nicht. So sehr ich mich auch bemühte, ich kam höchstens mal bis zwanzig, dann geriet ich aus dem Tritt. Schon weil
die Schafe sich bewegten, während ich versuchte, sie zu zählen.
Drei Border-Collie-Hunde hielten die Schafe beieinander. Die
ließen sich sogar von mir zählen. Bis drei geht schnell. Ich fragte
den Schäfer, was ich schon immer mal gern einen Schäfer fragen
wollte, bisher aber nicht zu fragen gewagt hatte. Nun aber, gerade in Erinnerung der Schreckensbilder aus meinem Traum, fragte
ich, wie es sein konnte, dass er derart festes, lockiges Haar trug,
und dazu, wie es aussah, ja auch ohne jede kahle Stelle, obwohl
er doch auch schon mit Sicherheit zwischen fünfzig und sechzig
Jahre alt wäre. Ob das vielleicht etwas mit den Schafen zu tun
hätte. Er müsse mein Eindringen in seine Privatsphäre schon
entschuldigen, sagte ich, aber ich hätte noch nie einen Schäfer
mit Haarproblemen gesehen und auch noch keinen mit glattem
Haar. Alle Schäfer, die ich je gesehen hätte, hätten dichtes, stark
gelocktes Haar getragen, und das auch dann noch, wenn es vom
Alter schon grau oder weiß gefärbt gewesen wäre. Und da würde ich mich doch fragen, ob es irgendetwas gäbe, ein geheimes
Rezept womöglich, welches dem Haarverlust bei den Schäfern
entgegenwirken würde. Der Schäfer wusste nicht so recht, was er
mir antworten sollte. Er kratzte sich am Kopf, genauso, wie ich es
erwartet hatte, und ich dachte wieder einmal, wie einfach auszu-
rechnen sie doch mitunter war, diese Welt. Für jeden seiner Kollegen könne er die Hand nicht ins Feuer legen, aber bei ihm selbst
wäre auf dem Kopf alles echt, jedes Haar, Menschenhaar, versi-
cherte der Schäfer, nachdem er sich ausgekratzt hatte. Ich dürfe
gern mal anfassen. Das tat ich auch. Fühlte sich menschlich an.
Zur Sicherheit fasste ich aber auch ein Schaf am Kopf an, obwohl

es gleich war, ob ich das Schaf am Kopf oder am Rücken anfasste. Jedenfalls hatte der Schäfer recht. Er trug keine Schafshaare. Da er mir auch keine Rezeptur empfehlen konnte, hatte ich allmählich genug von der Sache. Mir fiel auch keine Frage mehr ein, und je länger der Schäfer neben mir auf der Bank saß, desto mehr roch alles um mich herum komisch. Ich dachte jedenfalls, wenn ich noch lange bliebe, würde ich auch so riechen, und so sagte ich dem Schäfer, dass ich jetzt weitermüsse und darum meinen Hund rufen würde.

»Tun Sie das nicht!«, rief da der Schäfer, » das gäbe ein großes Unglück.«

»Ein Unglück? Wie denn das?«, fragte ich.

Und dann sagte der Schäfer, dass seine Hunde das nicht erlauben würden, weil Hund Zwei inzwischen den Schafsgeruch angenommen hätte. »Meine Hunde gehen davon aus, dass jedes Tier, das die Herde verlässt und dabei riecht wie ein Schaf, auch ein Schaf sein muss, und es ist nun mal ihr Job, darauf zu achten, dass kein Schaf die Herde verlässt.« Und dann sagte der Schäfer noch, und es war so ein drohender Unterton in seiner Stimme, dass die Hunde ihren Job verdammt ernst nehmen würden. Und also geschah es, dass ich den Schäfer und seine Herde bis zum fünf Kilometer entfernten heimischen Hof begleitete und erst dort angekommen Hund Zwei von seinem Schafsdasein erlösen konnte.

Das Besondere 5
Musik: *Brendan Perry – Wintersun*

Kurz vor ihrem Tod am zweiten Weihnachtstag 2006 war meine Mutter noch einmal für acht Tage aus dem Krankenhaus in ihre Wohnung nach Haus Lauenstein zurückgekehrt. Der Darmkrebs war trotz Operation nicht besiegt, sie stand unter Morphium, und es war klar, dass sie nicht mehr lange zu leben haben würde. Dennoch wirkte sie gelassen und ausgeglichen wie selten zuvor. Bei meinem ersten Besuch während dieser acht Tage, es war der neunzehnte Dezember, brachte ich ihr vom Weihnachtsmarkt ein Pfund Weintrauben mit. Ich weiß selbst nicht, wie ich darauf kam. Es geschah spontan. Ich sah die Trauben, die prall und gesund aussahen und kaufte davon, obgleich ich nicht einmal sicher sein konnte, dass sie das Obst überhaupt vertragen würde. Während des Besuchs rührte sie die Trauben auch nicht an, sodass ich mein Geschenk in Gedanken schon als Fehlkauf abtat, aber zwei Tage später empfing sie mich mit einem derart sorgenfreien Lächeln, als wenn sich der Krebsalptraum inzwischen davongemacht hätte und fragte mich, wo ich die Weintrauben gekauft hätte, sie könne sich jedenfalls nicht erinnern, in ihrem Leben jemals solch leckeres Obst gegessen zu haben.

Das Schreiben und das Lesen 7
Musik: *The Wounded – We Are Darker*

Im Herbst 2009 waren Michael Schweßinger und Hauke von Grimm, zwei Autoren aus Leipzig, später auch Mitbetreiber der *Edition PaperOne*, dem Verlag, der meine ersten drei Bücher veröffentlichte, für eine knappe Woche zu Besuch in Bochum. Ich hatte für uns drei Lesungen organisiert. Zunächst waren die beiden Gäste bei der Lesebühne *Schementhemen* im Velberter *Flux*, einen Tag später lasen wir zu dritt in der legendären Castrop-Rauxeler Szenekneipe *Bahia de Conchitas*. Es lief gut, Applaus und Buchverkauf gleichermaßen. Beste Stimmung allüberall. Die finale Lesung, zu der als vierter im Bunde der Düsseldorfer Autor Sven-André Dreyer stieß, fand in Gelsenkirchen statt und entpuppte sich als die denkwürdigste. Name der Location: *Jazz-Art-Galerie*. Solch ein Name weckt vorab große Erwartungen an ein aufgeschlossenes, anspruchsvolles wie literaturinteressiertes Publikum.

Namen sind Schall und Rauch. Niemals wurde dieses Sprichwort wirklicher. Zur besagten *Jazz-Art-Galerie* ging es zunächst ein paar Stufen hinunter in eine Art Hobbykellerbar mit kleiner Theke und vier Barhockern. An den Wänden hingen wahllos Bilder. Kunst? Eine Ausstellung? Das weiß der Teufel. Die Lesung sollte jedenfalls im angrenzenden Raum stattfinden. Der Raum maß etwa dreißig Quadratmeter und wirkte von der Farbgestaltung und dem Sitzmobiliar wie eine Mischung aus Seminarraum und Kinderbastelstube. Immerhin gab es eine Eingangstür, die sich schließen ließ, sodass man die vier Typen, die an der kleinen Theke auf den Barhockern saßen und lautstark knobelten, aussperren konnte. Lisa hatte sich neben der Tür platziert und die Eintrittskasse in Stellung gebracht. Fünf Euro sollte die Teilnahme an unserer Veranstaltung kosten. Rechter Hand neben der Eingangstür befand sich der Büchertisch. Das bemerkten wir jedoch nicht, weil dieser besonders ansprechend als solcher dekoriert oder kenntlich gemacht worden war, sondern daran, dass bereits unzählige Bücher mit Preisschildern darauf platziert waren. Allesamt Self-Publisher-Werke, wie man unschwer an den laienhaft gestalteten Buch-Covern erkennen konnte. Die Autoren dieser Werke befanden sich auch schon im Raum und warteten ungeduldig darauf, dass die auswärtigen Schriftsteller mit ihrem hoffentlich recht zahlreichen Fan-Anhang eintrafen und ihnen so ein paar Käufer für ihre Machwerke bescherten. Einen Eintritt für die anstehende Lesung wollten sie allerdings nicht entrichten. Als Sprecher der neunköpfigen Gruppe entpuppte sich niemand geringerer als der achtzigjährige Karl-Heinz Göbels, den Kennern der Szene auch unter dem Namen Henry Göbels bekannt. In den sechziger Jahren hatte er sich bundesweit als Erfinder einen Namen gemacht. So haben wir es Karl-Heinz-Henry zu verdanken, dass es – zumindest zeitweise – die Trennscheibe in Personenbeförderungsfahrzeugen gab. Weit bedeutender noch, so erzählte es Henry Göbels, während er mit Lisa um die fünf Euro Eintritt feilschte, wäre eine andere seiner Erfindungen, die des Knöllchens für Verkehrsverstöße. Da kam natürlich gleich mächtig Sympathie auf für Karl-Heinz-Henry, seine Erfindungen und seine Autorenkollegen. Lisa sagte, wenn er es wünsche, könne sie ihm auch ein Knöllchen über fünf Euro ausstellen. Diesen Spaß verstand Henry nicht wirklich. Mit drei Zornesfalten auf der Stirn erklärte er Lisa, er habe noch nie erlebt, dass Schriftsteller für die Präsentation ihrer Bücher, die im Anschluss wohl auch vom Publikum gekauft werden sollten, vorab ein Eintrittsgeld erhoben hätten. Das wäre ja genauso unsinnig, als würden das Schuhgeschäft und der Supermarkt um die Ecke von den kaufinteressierten Kunden Eintritt verlangen. Lisa ließ sich von seinen Argumenten nicht überzeugen und so kam es, dass die Self-Publisher-Autorenriege vorab schon ins Portemonnaie greifen musste. Zwei Autoren und eine Autorin hielten die Fünf-Euro-Investition in die Veranstaltung für zu gewagt, um sich später über Verkäufe ihrer Bücher noch einen Gewinn zu versprechen. Sie nahmen ihre Werke kommentarlos vom Tisch und verließen den Raum. Außer den verbliebenen sechs hoffnungsvollen Hobbyautoren erschienen noch weitere zwei Zuhörer und vier Zuhörerinnen, wobei ich den Eindruck hatte, ein Kleinbusunternehmer vom nächstgelegenen Seniorenheim hatte die Herrschaften während einer Rundfahrt durchs Revier bei gleichzeitigem Rheumadeckenverkauf mit einem Zwischenstopp im kulturellen Schmelztiegel Gelsenkirchens erfreuen wollen. Die Lesung wurde ein zähes Unterfangen. Die Fraktion Hobbyautoren lauerte lediglich aufs Ende der Veranstaltung und den ersehnten Run zum Büchertisch. Sie hatten allerdings angesichts des bislang eingetroffenen Publikums nur noch geringste Hoffnung, über einen Gewinn aus Buchverkäufen zumindest ihre Investition in die Lesung herauszubekommen. Für uns leseaktive Autoren lief es allerdings auch nicht gut. Die Gruppe vom Seniorenheim entpuppte sich als reine Krimifan-Fraktion, die mit unseren Storys nicht viel anfangen konnte. Zudem mischte sich Karl-Heinz-Henry immer wieder mit Zwischenrufen ins Geschehen ein. Etwa als ich in einer Geschichte die Behauptung aufstellte, dass es so gut wie keine Rechtsscheitelträger gäbe.

»Ich bin Rechtsscheitelträger!«, trumpfte da Karl-Heinz-Henry auf, was sich angesichts seines komplett kahlen Schädels als dreiste Lüge entpuppte. Nach der Veranstaltung blieb der Büchertisch, wie er es zuvor schon war, voll mit Büchern. Die Sechs vom Seniorentrupp verweilten zwar kurz, hoben auch das ein oder andere Buch an, wohl um dessen Gewicht zu testen oder herauszufinden, ob eines davon geeignet schien, lästige Insekten zu töten, letztendlich wurde jedoch nicht ein Buch gekauft. Unmittelbar im Anschluss packten die Hobbyautoren ihre Selfpublishing-Werke wahlweise in Taschen, Rucksäcke und Plastiktüten, ohne dabei auch nur einen Blick auf unsere Bücher zu werfen. Grußlos verließen sie den Leseraum der *Jazz-Art-Galerie*. Wenn sie einen Wunsch frei gehabt hätten, dann hätten sie ihre Teilnahme an der Veranstaltung rückgängig gemacht, das sah man ihren Gesichtern an. Aber die Feen hatten Gelsenkirchen schon vor Urzeiten den Rücken zugekehrt ...

Von Sinnen 6
Musik: *Casper & Blixa Bargeld – Lang lebe der Tod*

Zahnarztbesuche bergen nur selten erbauliche Erlebnisse. So war es auch Ende der Neunziger Jahre. Also wechselte ich häufig den Zahnarzt, immer auf der Suche nach dem einen Spezialisten, der den Bohrer derart gekonnt durch den Mund führen konnte, dass man als Patient während der Behandlung nicht ein einziges Mal zusammenzuckte. Darüber hinaus sollte dieser Experte einen Eins-A-Zahnersatz fertigen und Spritzen setzen können, bei denen man die Einstiche kaum spürte, und die in ihrer Wirkung nur die zu behandelnde Stelle betäubten, nicht aber für Stunden den gesamten Mund- und Kieferbereich in eine gefühllose Masse verwandelten. Außerdem musste besagter Zahnarzt beim Extrahieren von Zahnruinen geschickt genug vorgehen, um dieselben mit einem Ruck aus dem Kiefer zu zwingen. Internetbewertung oder gar Online-Empfehlungen gab es noch nicht, und so war ich vor jedem Zahnarztbesuch auf die Tipps aus meinem persönlichen Umfeld angewiesen. In der Regel entwickelte sich auf meine Frage nach einem guten Zahnarzt folgendes Kurzgespräch:

»Ich weiß nicht, ich gehe zu Doktor Sowieso.«

»Und wie ist der so?«

»Ganz okay, aber ich war auch erst zweimal da.«

Auf ähnlich nichtssagende Weise erfuhr ich von der Existenz des Doktor H.. Schlechter als sein Vorgänger, Doktor X, kann er gar nicht sein, dachte ich. Doktor H. praktizierte in der Bochumer Innenstadt und punktete von vornherein mit einem ansprechenden Wartezimmer inklusive eines großen Aquariums als Blickfang. Wer schon solche Mühe auf die Gestaltung seines Wartezimmers verwendet, wird auch den Zähnen mit aller Vorsicht und Sorgfalt begegnen, dachte ich, als ich das erste Mal bei Doktor H. auf eine Behandlung wartete. Ich hatte Schmerzen. Unterhalb eines überkronten Schneidezahns pulsierte der Schmerz. Hätte ich nicht permanent an die bevorstehende Tortur denken und mit meiner Zungenspitze wieder und wieder in Richtung Schmerz tasten müssen, wäre das schön entspannend gewesen, zwanzig Minuten lang den Fischen hinter der Glasscheibe beim Vorbeischwimmen zuzusehen. Aber die Fische blieben stumm. So waren sie unfähig, die aus den angrenzenden Praxisräumen – wenn auch gedämpft – erklingenden Laute des Schreckens zu übertönen. Aufheulende Bohrer und das sirrende Geräusch von Schleifgeräten, die dem Zahnschmelz zu Leibe rückten, vermengten sich mit gelegentlichen Ah- und Oh-Schreien der Patienten, die vor wenigen Minuten noch stumm neben mir gesessen und ebenfalls ins Aquarium gestarrt hatten. Auch ich wurde schließlich aufgerufen und im Praxisraum Fünf erwartet. Dort folgte zunächst die übliche Prozedur. Auf den Zahnarztstuhl gesetzt und von der Sprechstundenhilfe vorbereitet. Linker Hand neben mir befand sich der Spucknapf und am Rande desselben ein Glas gefüllt mit Wasser. Eine bewegliche Spiegellampe thronte schräg über meinem Gesicht. Der Zahnarzt war ein kleiner Mann mit Vollbart. Ich musste an *Tolkiens Herr der Ringe* denken. Dort hätte Doktor H. sicher eine Rolle bekommen. Als Zahnarzt verdiente er allerdings auch nicht schlecht. Zunächst hieß es für mich den Mund aufzureißen, bis es leicht knackte hinter den Ohren. Das Gesicht vom Zahnarzt verschwand in meinem Mund, so kam es mir jedenfalls vor. Es wurde an Zähne geklopft und mit dem spitzen Zahnarzthaken zugestoßen. Dabei wurden alle Zähne einzeln aufgerufen und ihr Zustand der Zahnarzthelferin mitgeteilt, die alles auf einer rosafarbenen Din-A3-großen Karteikarte notierte. Im Anschluss wurde ich zum Röntgen geschickt.

Danach hieß es erneut Fische schauen, um zehn Minuten später wieder ins Behandlungszimmer Fünf gerufen zu werden. Die Voruntersuchungen waren abgeschlossen. Es wurde ernst. Der kleine Hobbit von Zahnarzt tauchte erneut auf. Er hatte offensichtlich einen Kurs im Schnellsprechen bei *Dieter Thomas Heck* absolviert, seine Worte schossen an mir vorbei, dass ich alle Mühe hatte, zumindest das Relevanteste für meine Zähne-Zukunft erfassen zu können. Im Oberkiefer mussten zwei Zähne entfernt, zwei weitere abgeschliffen und zuletzt sollte eine Brücke gefertigt werden. Ganz schön viel Behandlung auf einmal. Da würden mir locker fünf oder sechs Termine bevorstehen. Bei diesem ersten stand die Extraktion der beiden defekten Zähne an, die dann vorübergehend durch ein Provisorium ersetzt werden sollten. Also Abdrücke fertigen, Spritzen setzen, Zähne ziehen. Ich bekam insgesamt vier Spritzen. Zunächst lediglich zwei, dann verließ Doktor H. das Zimmer und begab sich auf eine längere Reise in seine übrigen sechs Behandlungsräume. Als er nach einer halben Ewigkeit in Nummer fünf zurückkehrte, hatte sich die Wirkung der Spritzen schon verflüchtigt. Er setzte mit der Zange an, und ich zuckte zusammen. »Kein Problem!«, rief er, nachdem ich ihm mit schmerzverzerrtem Gesicht erklärt hatte, dass die Betäubung der Spritzen eins und zwei schon spürbar nachgelassen hätte. Er zog die nächsten Spritzen auf, griff in meinen Mund, klemmte ein Stück Backe zwischen Daumen und Zeigefinger ein, wackelte damit herum und schon waren Spritze drei und vier versenkt. Ich hatte nichts von den Einstichen mitbekommen, wie schon bei den Spritzen eins und zwei. Die erste Hürde zum Top-Zahnarzt hatte der Hobbit genommen, und nachdem die Betäubung von Spritze Drei und Vier ihren vollen Wirkungsgrad erreicht hatte, war er rechtzeitig zurück an Ort und Stelle, um mir die beiden Zähne ziehen zu können. Auch das verlief problemlos. Endlich den richtigen Zahnarzt gefunden, dachte ich. Die folgenden Besuche verliefen ebenfalls positiv, solange ich darüber hinwegsah, dass Zähne abschleifen allein schon wegen der begleitenden Geräuschkulisse wenig Positives zu bieten hat und auch, dass Abdrücke fertigen seine unangenehmen Begleiterscheinungen mit sich bringen. Ich war jedenfalls durchaus überzeugt von den Fertigkeiten des Doktor H.. Nach dem fünften Besuch wurde dann die Brücke eingepasst und die Behandlungs-Prozedur war abgeschlossen.

Im Nachhinein entsann ich mich, dass es auch mir schon beim ersten Blick in den Spiegel aufgefallen war, meine Schwester allerdings brachte es als erste zur Sprache. Während eines Treffens bei meinen Eltern fragte sie mich, was mit meinen Schneidezähnen im Oberkiefer passiert wäre. »Nicht einmal wenn du lachst, sieht man deine Zähne. Es sieht fast so aus, als hättest du gar keine mehr.« Und kaum war es ausgesprochen, hörte ich es von allen Seiten. Lisa, die Freunde, Verwandte und Bekannte bestätigten das Desaster: Doktor H. hatte meine Schneidezähne, die mit der Brücke verbunden waren, tiefergelegt, verkleinert, was weiß ich. Jedenfalls sah man sie nicht mehr. Es war furchtbar. Ich stellte den Hobbit zur Rede. Ich musste ohnehin erneut zum Zahnarzt. Ein leicht kariöser Zahn im Unterkiefer verlangte nach Behandlung. Aus taktischen Gründen wartete ich mit meiner Beschwerde über den tiefergelegten Zahnersatz, bis er sich des Problemzahns im Unterkiefer angenommen hatte. Doktor H. sah mich groß an und das einzige, was er mir an Erklärung, ja überhaupt als Antwort zukommen ließ, war: »Papperlapapp!«

Nahezu drei Jahre harrte ich aus mit meinen unsichtbaren Schneidezähnen im Oberkiefer, ehe eine Zahnärztin die Sache wieder in Ordnung brachte.

Jahre später erfuhr ich von Lisas Schwester Kerstin, die auch kurzzeitig die Dienste von Doktor H. in Anspruch genommen hatte, dass dieser an ihr eine komplett neue Behandlungsmethode durchgeführt hatte. Immerhin hatte er die Sache vorher angekündigt: »Was halten Sie davon«, hatte er Kerstin gefragt, »wenn ich Ihren Zahn außerhalb des Kiefers behandle?« – Ist ja prima, hatte Kerstin gedacht, da wirst du keinerlei Schmerz spüren und so gab sie dem Hobbit freudig ihr Einverständnis. Doktor H. schritt zur Tat, und während Kerstin von drei Sprechstundenhilfen festgehalten wurde, packte der Hobbit mit der Zange zu, griff den Zahn und drehte ihn aus dem Kiefer heraus, als wäre er eine Schraube, die aus der dazugehörigen Mutter herausgedreht werden musste. Kerstin, der Ohnmacht nahe, betrachtete nun, wie der Hobbit dem Zahn außerhalb ihres Mundes zu Leibe rückte, wohl wissend, dass er denselben nach getaner Arbeit zurück in die Wunde ihres Kiefers drehen würde. Der Hobbit tat, was er tun musste und Kerstin war am Ende froh, mit dem Leben davongekommen zu sein. Die Suche nach dem perfekten Zahnarzt ging für uns beide weiter.

Das Schreiben und das Lesen 8
Musik: *Delphine Coma – Is This Forever*

Juni 2019 – Fünfundsechzig Seiten waren geschrieben. Mindestens weitere fünfundsechzig sollten folgen. An und für sich noch nicht die Zeit, um sich mit der Covergestaltung zu beschäftigen. Tristan, mein Verleger, beabsichtigte allerdings schon ein paar Monate vor der Veröffentlichung, die für Ende November geplant war, in einer im Juli erscheinenden Verlagsbroschüre auf die kommende Neuerscheinung hinzuweisen. So war es doch angebracht, das Frontcover schon im Voraus zu gestalten und dem Buch eine ISBN zuzuweisen, um den Roman-Titel bis zur Veröffentlichung rechtswirksam zu schützen. Es musste also ein Front-Cover her. Ein professionell gefertigtes und zugleich originelles, vor allem aber ein aussagekräftiges Cover. Nachdem Benjamin und Franziska, zwei befreundete Autoren von der *Edition Outbird*, die zudem Experten in Sachen grafischer Gestaltung sind, die ersten beiden Storys meines Romanmanuskripts gelesen hatten, kam Franziska auf die Idee, als Motiv fürs Cover einen Teddybären zu nehmen. Gute Idee! So sollte es sein! Der erste Coverentwurf mit einem von Franziska gezeichneten Grusel-Teddy im Erdloch und einer von Benjamin entworfenen Science-Fiction Schrift a la *Zurück aus der Zukunft* war gar nicht schlecht, erschien mir aber zu weit entfernt vom Inhalt meines Buchprojekts. Ich schlug vor, es mit einem ausdrucksstarken Teddy-Foto als Covermotiv zu versuchen. Womit ich nicht gerechnet hatte, niemand aus meinem Freundes- und Bekanntenkreis besaß noch einen solchen Teddy (oder signalisierte Bereitschaft, mir sein Exemplar leihweise zur Verfügung zu stellen) und so begann ich, im Internet nach Preisen für größere

Teddys Ausschau zu halten. Mit einem solchen Ergebnis hatte ich nicht gerechnet: Unter vierzig Euro fand ich kein einziges Angebot im World-Wide-Web. Der Preis erschien mir deutlich zu hoch als Investition für ein solches Coverfotomotiv. Als ich mich gedanklich schon von dem Bären-Cover verabschiedet hatte, entdeckte ich in einem der Billigladenketten einen recht großen Teddy für zehn Euro, der haargenau so aussah, wie der typische Kirmes-Hauptgewinn-Teddybär aus meiner Kindheit. Der Plan zur weiteren Vorgehensweise war nun, den Billigladenketten-Bären so zu vergraben, dass nur noch der Kopf und vielleicht ein Arm von ihm aus dem Erdloch herausschauen würde und von dieser Szenerie dann möglichst bei Nacht ein stimmungsvolles Foto zu machen. Inzwischen hatte Lisa eine intensivere Beziehung zum Teddy aufgebaut und ihm nach der Vergrabungsaktion Reinigung und Rettung zugesichert, inklusive eines ruhigen Restdaseins daheim auf ihrer Couch. Ich hatte von all dem nichts mitbekommen. Auch, als sie mir das Versprechen entlockte, ihr den Teddy nach erfolgreicher Foto-Session im Garten zu überlassen, ahnte ich noch nichts von den weiteren Plänen, die sie mit dem Stofftier hatte. Soweit – so gut, nur kam mir mit einem Mal in den Sinn, dass ein Bild vom Teddy, der halbvergraben irgendwo herumliegt, womöglich nicht außergewöhnlich genug fürs Cover wäre, und ich entschloss mich spontan, den Stofftierbären für ein stimmungsvolleres Foto lieber in einem morastigen Tümpel zu versenken, mit den Füßen voran, bis nur noch sein Kopf und vielleicht ein verzweifelt in die Höhe gereckter Arm herausschauen würde. Diese Vorstellung gefiel Lisa ganz und gar nicht, schon, weil der Bär sich dann mit dem Brackwasser vollsaugen und entsprechend bis an den Rest seiner Tage stinken würde, und so weihte sie mich in ihr Versprechen an den Teddy ein.

»Okay«, sagte ich, »versprochen ist versprochen«, und machte mich auf den Weg zur Billig-Ladenkette, um dort einen zweiten Teddy zu erwerben, der den Weg ins schmuddelige Brackwasser würde antreten müssen. Armer zweiter Teddy! Wenn es überhaupt noch ein Exemplar geben würde ...

Es gab ihn, den zweiten Teddy. Er war der letzte im Laden. Glück gehabt! – Benjamin kam auf die Idee, den Teddy im Garten ein paarmal in einer Regentonne unterzutauchen, danach zu vergraben, nach ein paar Tagen wieder auszugraben, um ihn entsprechend ordentlich zerzaust und muffig erneut einzugraben, und dann erst das Coverfoto zu schießen. Eine ganz schöne Prozedur. Lisa wollte mit dem zweiten Bären gar nicht erst konfrontiert werden, damit sie keine Gefühle zu ihm aufbauen konnte. Dennoch gab sie mir den Tipp, dem Teddy anstelle der Regentonnennummer einen Waschmaschinenaufenthalt bei sechzig Grad zu verpassen, das hätte denselben Effekt, würde den Bären auch ordentlich antik aussehen lassen. Dieser Vorgang erschien mir deutlich unkomplizierter als die Sache mit der Regentonne und dem tagelangen Vergraben, und irgendwie auch humaner. Also setzte ich den Teddy in die Waschmaschine. Stellte das Sechzig Grad-Waschprogramm ein, fügte zwei Kappen mit Flüssigwaschmittel hinzu und drückte auf Play. Los ging die ungewöhnliche und gefahrvolle Teddybären-Waschmaschinen-Reise. Der Teddy überlebte. Aber wie. Nach dem Waschvorgang sah er ordentlich mitgenommen aus, ein Stofftier auf Entzug oder ein Bär nach unzureichendem Winterschlaf oder beidem. Soweit war der Plan wohl aufgegangen, allerdings gab es diese unschönen Nebeneffekte. Seinen Beinen fehlte nach dem Waschgang jede Spannkraft: Puddingbeine, mit denen der Bär sich nicht mehr aufrecht halten konnte. Dazu hatte er am Bauch stark zugenommen. Ich bezweifelte, dass er in diesem Zustand noch als Covermotiv im Brackwasser taugte. Wahrscheinlich würde alles von ihm untertauchen, und nur der dicke Bauch aus dem Morast herausschauen. Eine alternative Idee fürs Coverfoto musste her.

Zunächst aber würde ich Lisa fragen, ob auf ihrer Wohnzimmercouch noch ein Platz frei wäre für einen zerzausten, gehbehinderten, dickbäuchigen Teddybären ...

Das Besondere 6
Musik: *The National – Anyone's Ghost*

April 2018. Ich bekam Frührente, schaffte es aber immer noch nicht, Ordnung in den Dingen zu halten, meinen Tagesablauf sinnvoll zu strukturieren. Ich verzettele mich fortwährend, trieb mich stundenlang auf Nebenschauplätzen herum und gelangte so kaum einmal zur Hauptsache, nämlich, meinen neuen Roman ernsthaft in Angriff zu nehmen. Allein das Sichten und Vernichten unerwünschter E-Mails nahm mitunter eine Stunde Zeit in Anspruch. Ein jedes Mal mochte durchaus Wichtiges dabei sein, ein komplettes Löschen kam demnach nicht infrage. Und ging ich erst ein auf die Werbe-E-Mails, war in der Regel der Vormittag komplett verloren, und ich am Ende bestenfalls im Besitz eines neuen Bildbearbeitungsprogramms, das auf den Werbeseiten versprochen hatte, unerwünschte Gegenstände oder Personen auf allen Fotos mit maximal drei Klicks verschwinden zu lassen. Auf meinen Fotos befinden sich häufig unerwünschte Dinge oder Teile von fremden Personen. Sie mit wenig Aufwand spurlos vom Bild zu fegen, wäre genial, gelang mir jedoch bisher mit keiner Software, da konnte ich ruhig hundert Mal klicken. Das einzige, was bei der Arbeit mit den Programmen verschwand, waren die Minuten und Stunden. Am Nachmittag rief die Homepage nach Wartung, genau wie die Facebook-Seite. Außerdem galt es, der Frage nachzugehen, was es Neues an interessanter Musik bei YouTube oder Soundcloud gab. Und wieder schlich sich der Tag an mir vorbei, und am Abend warteten *Netflix* und *Amazon Prime* mit Film- und Serienangeboten. Ein Wunder, dass es mir zwischendurch noch gelang, ein bis zwei Bücher im Monat zu lesen. U-250-Bücher, also Bücher mit einer maximalen Länge von zweihundertfünfzig Seiten. Die Ü-300-Autoren konnten mir mit ihren Werken bis auf wenige Ausnahmen allesamt gestohlen bleiben. Immer schon. Karl May etwa, den hasste ich bereits als Kind. Bis in den Wälzern die Kampfhandlungen begonnen hatten, war ich als Leser längst abhandengekommen. Ich mag Grashalme und Bäume und all das, was die Natur an Schätzen bereithält, aber ich möchte nicht seitenlang darüber lesen, nicht als Kind und erst recht nicht als Frührentner. Bedenklich finde ich auch, dass es jede Menge längst verstorbener Autoren gibt, von denen deutlich mehr Bücher verkauft werden als von den Lebenden. Da müsste eine Regelung her. Beim Kauf eines Romans von Thomas Mann müsste beispielsweise zusätzlich der neue Roman von Klaus Märkert gekauft werden. So würde sich mancher Gestern-Fan überlegen, ob sich der *Zauberberg* da noch rentieren würde. Die Kunst ist ohnehin verscherbelt und verraten worden. Vor Jahren ging das schon los. Illegale Downloads, Portale wie *Spotify* und andere Streaming-Dienste kassieren ein Vielfaches von den Einnahmen der allermeisten Musiker, obwohl die Macher dieser Internetplattformen mit der eigentlichen Kunst nichts zu schaffen haben. Auch der Schriftsteller sitzt seit geraumer Zeit auf dem angesägten Ast. Der Selfpublisher-Wahnsinn bringt Dumpingpreise im E-Book-Sektor, wo jeder Einkaufszettel zur Buchseite wird, und zerstört den Wert des Geschriebenen. Die Großverlage reagieren und fordern von ihren Autoren die totale Oberflächlichkeit. Mainstream, wohin das Auge schaut. Jeder schreibt Krimis oder Love-Storys oder Blödratgeber. Nur der sich selbst verleugnende Auftragsschreiber überlebt. Da wird etwa von der erfolgreichen Katzenkrimi-Autorin von Verlagsseite gefordert, dass sie ihre tierische Heldin, die gestreifte Tigerkatze, im nächsten Band in eine weiße Katze mit schwarzen Flecken verwandeln soll, weil die Mehrzahl der Leserinnen das angeblich so wünscht.

Das verblieben Schöngeistige wird bestimmt von stinkkonservativen, lustfeindlichen Greisen, die Günter Grass und Konsorten noch immer für die Größten unter den Dichtern und Denkern halten und aus purer Bosheit – weil das Schreibtalent bei ihnen nicht zum Schriftstellern reichte – genau die Autoren mit Stipendien und Literaturpreisen fördern, die garantiert nichts zu sagen haben und das dann in Worte kleiden, die womöglich auch ein Grass im Repertoire hätte, würde er denn noch unter den Lebenden weilen.

Und welcher Schlaumeier hat sich die Sache mit der Bücherklappe ausgedacht? Diese ach so soziale Errungenschaft, die ganz am Rande, fast unbemerkt, ebenfalls dazu beiträgt, den Schriftsteller zum billigen Jakob zu degradieren. Als würde es nicht ausreichen, dass man sich gegen eine kleine Gebühr Lesestoff aus den Stadtbüchereien entleihen kann, werden die Städte bis in die Vororte hinein mit Bücherschränken ausstaffiert, wo der jeweilige Bewohner seinen durchgeschmökerten Lesestoff für lau feilbietet, auf dass der Nachbar denselben anonym und unverbindlich, ohne auch nur einen Cent dafür entrichten zu müssen, herausnehmen und lesen darf. Ein fröhliches Bücheraustauschen wird in Gang gesetzt. Kein Gedanke wird dabei verschwendet an die Stunden, Tage, ja Monate oder Jahre an Mühen und Entbehrungen, die der Schriftsteller während des Niederschreibens durchleben musste. Wie konnte es so bergab gehen mit der Kunst? Und warum wurde nichts gegen den Absturz unternommen? Ganz einfach: Es war und ist so gewollt. Allein das Künstlerdasein, das freie Denken, birgt Gefahren für die Dagobert Ducks dieser Welt. Stellt noch eine Art Konkurrenz dar beim Kampf um das schöne Geschlecht. *Helmut Schmidt* hatte dereinst den Satz geprägt, dass jeder mit der Zeit so aussehen würde, wie er als Mensch ist. Man vergleiche einen *Friedrich Merz* mit einem Chris Corner *(IAMX)* und stelle sich vor, der gute Herr *Merz* weilte auf einer exklusiven Party, präsentierte dort seine schillernde, neue Lebensgefährtin und dann tauchte plötzlich *Chris Corner* neben ihm auf. Was wären *Merz* und seine Millionen in diesem Moment noch wert? Nichts! Und genau aus diesem Grund und den bitteren vorangegangenen Erfahrungen mit den *Mick Jaggers* und *David Bowies* dieser Welt wurde von der Finanzelite irgendwann beschlossen, den freien, eigenwilligen, exzentrischen Künstler als Konkurrenten abzuschaffen, indem man diesen von den Fördertöpfen fernhielt und auch dafür sorgte, dass die Medien den Künstler weitestgehend ignorierten. Und da kam das World-Wide-Web wie gerufen, mit den Raubkopierern und Billiganbietern, Downloadportal- und Video-Stream-Betreibern, wo die Kunst für Centbeträge verscherbelt wird und Musiker wie Schriftsteller um ihre Lebensgrundlage gebracht werden. Aus den Armenvierteln dieser Welt führt kein Weg zu den Exklusivveranstaltungen einer *Black Rock* Elite. Aber seid gewiss, euer Siegeszug wird nicht von Dauer sein. Das Besondere kommt noch. Und es wird aus einer für euch unberechenbar anderen Ecke kommen ....

The Future

Musik: *Black Egg – Back To Nature*

Nach meinem Tod werde ich wiedergeboren als großer, hellbrauner Teddybär mit schwarzen Augen. Vom Spielzeuggeschäft geht es in ein Kinderzimmer. Zwei Mädchen leben dort, neun Jahre alt, Zwillinge mit Zopffrisuren und Zahnspangen. Ich gehöre jeder nur halb. Erst ist alles gut. Ich liege in der Mitte des Doppelbetts. Vier Hände graben sich zärtlich ins Fell.

Später dann kommt Streit auf unter den Schwestern und bleibt. An meinen Armen und Beinen wird gerissen. Auch am Kopf. Heftig und immerzu.

Kein Winterschlaf, der mich schont.

Nachts, wenn die Schwestern schlafen, träume ich vom Moor und wie schön es wäre, dort zu sein, bei den toten Bäumen, den konservierten Leichen und ganz langsam im schwarzen Morast versinken zu können.

Klaus Märkert, 30.08.2019

Gruß und Dank an:

Claudia für ihr gutes Gespür als Erstleserin und fürs begleitende Mut machen während des Schreibprozesses, Tristan Rosenkranz und Danilo Schreiter für ihre engagierte Verlagsarbeit, Peter für die Unterstützung sowie fürs Vor- und Martin fürs finale Lektorat, Benjamin und Franziska für die Covergestaltung, Kerstin, Reinhard, Andrea, Max, Flo und Gert für Support. Pflanze, Mensch und Tier, die mir mit ihrer Anwesenheit zu einigen Erkenntnissen und Storys verholfen haben, allen Mitstreitern, Leseveranstaltern, Leserinnen und Lesern und vor allem auch jenen, die ich zu erwähnen vergessen habe.

Bereits erschienen in der Edition Outbird:
Klaus Märkert „Der Tag braucht das Licht, ich nicht 3.0"

Klaus Märkerts erstes Buch bei „Edition Outbird" – man nehme: Das Dunkle von Edgar Allen Poe, das Anarchische von Quentin Tarantino und verfeinere das Ergebnis mit einer Prise Fantastischem eines Roald Dahl, sowie einem guten Schuss vom Humor des frühen Woody Allen, das ergibt in etwa die Mixtur von Klaus Märkerts „Nachthumor"-Storys.

Der neu aufgelegte Band von „Der Tag braucht das Licht, ich nicht 3.0" enthält neben 8 überarbeiteten Storys der lange vergriffenen Erstausgabe (2011) und 5 überarbeiteten Storys aus dem Buch „Ich bin dann mal tot" von 2010, auch 5 neue, bisher unveröffentlichte Geschichten.

ISBN 978-3-95915-115-3, Preis: 11,90€
Erhältlich im gut sortierten Buchhandel und unter: shop.outbird.net.

Bereits erschienen in der Edition Outbird:
Michael Schweßinger „In Buxtehude ist noch Platz"

Die Welt ist entsetzlich schön und Michael Schweßinger ist in ihr unterwegs: Nicht nur in Buxtehude, sondern quer durch Europa – in fremden Städten, auf Flügen und Zwischenstopps und eigentlich irgendwie immer in between – begegnen ihm Menschen und ihre Geschichten. Seine Triebfedern dabei sind Neugier und die Schönheit des ersten Morgens in einem gänzlich unvertrauten Land. Er nimmt uns in seinen Erzählungen mit auf diesen kaleidoskopischen Heimweg in die Fremde.

Sein Erzählsound ist mal entspannt und fließend, mal Social Beat, und immer wieder trifft da dieser ihm ureigene, verstiegene Humor auf eine Philosophie des Lebenshungers.

Und wer über die weltumspannende Geschichtenfülle dieses Erzählbands hinaus noch ein Faible für kleine Verspieltheiten fürs Auge hat, wird in diesem Buch ebenso fündig.

ISBN 978-3-95915-125-2 , Preis: 12,90€
Erhältlich im gut sortierten Buchhandel und unter: shop.outbird.net.

Bereits erschienen in der Edition Outbird:
M. Kruppe „Und in mir Weizenfelder"

Das ist Punk. Kein Poetry Slam oder Rap. Sondern Punk. Das ist Sex and Drugs in einer
Sprache wie verdammt harte und irre laut gespielte Gitarrenriffs. So, welcome to the
dark Side. Willkommen in einem Kaff der verlorenen Hoffnungen, wo Kruppe seine
toten Helden Charles Bukowski, Jack Kerouac und Francois Villon beschwört, um mit
ihnen einen Pogo zu tanzen, bei dem Mörder und Huren, Penner und Spießer ihre
Pleiten zu Triumphen verlachen.

Aus diesen Gedichten schreit der Zorn eines Autors über seine Zeit und die Welt. Aber
hin und wieder blitzt darin auch eine Zärtlichkeit auf, die einer frostigen Nacht
abgetrotzt und hinter einem Fenster voller Eisblumen geformt wurde ...
David Gray

Man spürt, dass Kruppe kämpft. Seine Weizenfelder wurden Wodka. Doch vorher
speicherten sie Sonne.
Dr. Mark Benecke

ISBN 978-3-95915-108-5, Preis: 9,90€
Erhältlich unter: shop.outbird.net